Zu diesem Buch

Neben der mit großem Erfolg verfilmten Titelstory sind in diesem Band einige der großartigsten und eindrucksvollsten Erzählungen Ernest Hemingways gesammelt. Zwei davon gehören zu jenen, die dem Autor selbst am liebsten waren, nämlich «Schnee auf dem Kilimandscharo» und «Das kurze, glückliche Leben des Francis Macomber». In diesen Stories, mögen sie nun in den Weiten am Fuße des Kilimandscharo, beim spanischen Stierkampf, in den Wäldern Michigans oder auf den Quais von Smyrna spielen, verdichtet sich hinter der scheinbar kunstlos genauen, landläufigen Sprache erfahrenes Leben zur Wahrheit über Liebe und Tod.

Ernest Hemingway, der als Sohn eines Arztes am 21. Juli 1899 in Oak Park/Illinois geborene Nobelpreisträger der amerikanischen Literatur, war ein Meister des metaphysischen Realismus, ein Pionier der Kurzgeschichte und Erneuerer des amerikanischen Romans. 1917, kurz vor dem Abitur, verließ er die Schule, um Reporter an einer Lokalzeitung in Kansas City zu werden. 1918 ging er mit einer Rote-Kreuz-Kolonne an die italienische Front und wurde verwundet. 1920 lernte er in Chicago den Dichter Sherwood Anderson kennen, der sein literarischer Lehrmeister wurde. 1921 schickte ihn der «Toronto Star» als Sonderkorrespondent in den Nahen Osten und nach Europa. Dann verbrachte Hemingway fünf Jahre in Paris. Schon sein erster Roman «Fiesta» (1928; rororo Nr. 5) erregte literarisches Aufsehen. Hemingway schied nach schwerer Krankheit am 2. Juli 1961 freiwillig aus dem Leben.

Außerdem erschienen: «Wem die Stunde schlägt» (1948), «In einem andern Land» (rororo Nr. 216), «In unserer Zeit» (rororo Nr. 278), «Männer ohne Frauen» (rororo Nr. 279), «Der Sieger geht leer aus» (rororo Nr. 280), «Der alte Mann und das Meer» (rororo Nr. 328, auch als Sonderausgabe zusammen mit «Fiesta»: rororo Nr. 12069), «Über den Fluß und in die Wälder» (rororo Nr. 458), «Haben und Nichthaben» (rororo Nr. 605), «Die grünen Hügel Afrikas» (rororo Nr. 647), «Tod am Nachmittag» (rororo Nr. 920), «Paris – ein Fest fürs Leben» (rororo Nr. 1438), «49 Depeschen» (rororo Nr. 1533), «Die Sturmfluten des Frühlings» (rororo Nr. 1716), «Inseln im Strom» (rororo Nr. 4080), «Die Nick Adams Stories» (rororo Nr. 5091), «Der Abend vor der Schlacht» (rororo Nr. 5173), «Sämtliche Gedichte» (rororo Nr. 12306), «Gefährlicher Sommer» (rororo Nr. 12457), «Neues vom Festland» (rororo Nr. 12562), «Reportagen 1920–1924» (rororo Nr. 12700), «Der Garten Eden» (rororo Nr. 12801), «Die Stories» (Rowohlt 1983), «Ausgewählte Briefe 1917–1961» (Rowohlt 1984) und «Noch einmal glückliche Tage. Hemingway-Lesebuch» (Rowohlt 1988). 1977 erschien eine zehnbändige Ausgabe der «Gesammelten Werke» als rororo Taschenbuch-Kassette.

In der Reihe «rowohlts monographien» erschien als Band 73 eine Darstellung Ernest Hemingways mit Selbstzeugnissen und Bilddokumenten von Georges-Albert Astre, die eine ausführliche Bibliographie enthält. Von Kenneth S. Lynn erschien die Biographie «Hemingway» (rororo Nr. 13032).

Ernest Hemingway

Schnee auf dem Kilimandscharo

6 stories

rororo

Rowohlt

Die amerikanischen Originaltitel der sechs vorliegenden stories sind:
‹The Short Happy Life of Francis Macomber›, ‹The Capital of the World›, ‹The Snows of Kilimanjaro›, ‹Old Man at the Bridge›, ‹Up in Michigan›, ‹On the Quai at Smyrna›
Einzig autorisierte Übertragung von Annemarie Horschitz-Horst

348.–351. Tausend September 1998

Veröffentlicht im Rowohlt Taschenbuch Verlag GmbH,
Reinbek bei Hamburg, April 1961

Umschlaggestaltung Büro Hamburg
(Foto: Bilderdienst Süddeutscher Verlag)
Satz Garamond (Linotron 505 C)
Gesamtherstellung Clausen & Bosse, Leck
Printed in Germany
ISBN 3 499 10413 x

Das kurze glückliche Leben des Francis Macomber

Es war jetzt Essenszeit, und sie saßen alle unter dem doppelten grünen Sonnendach des Speisezeltes und taten, als sei nichts passiert.

«Was möchten Sie, Limonensaft oder Zitrone?» fragte Macomber.

«Ich trinke einen Gimlet», sagte Robert Wilson zu ihm.

«Ich möchte auch einen Gimlet. Ich brauche irgend etwas», sagte Macombers Frau.

«Das ist wohl das Gegebene», stimmte Macomber zu. «Sagen Sie ihm, er soll drei Gimlets machen.»

Der Küchenboy hatte schon damit angefangen; er hob die Flaschen aus den leinenen Kühlsäcken, die Feuchtigkeit in dem Wind ausschwitzten, der durch die Bäume blies, die die Zelte beschatteten.

«Was soll ich ihnen wohl geben?» fragte Macomber.

«Ein Pfund ist reichlich», sagte Wilson. «Sie wollen sie doch nicht verwöhnen.»

«Wird der Aufseher es verteilen?»

«Zweifellos.»

Francis Macomber war vor einer halben Stunde im Triumph auf den Armen und Schultern des Kochs, der Boys, des Abhäuters und der Träger vom Rand des Lagers zu seinem Zelt getragen worden. Die Gewehrträger hatten nicht an dieser Kundgebung teilgenommen. Als die eingeborenen Boys ihn am Eingang seines Zeltes niedersetzten, hatte er ihnen allen die Hand geschüttelt und ihre Glückwünsche entgegengenommen, war dann ins Zelt gegangen und hatte auf seinem Bett gesessen, bis seine Frau hereinkam. Sie sprach nicht mit ihm, als sie hereinkam, und er verließ das Zelt, um sich draußen in dem tragbaren Waschgestell Gesicht und Hände zu waschen und um dann zum Speisezelt hinüberzugehen und sich auf einem bequemen Segeltuchstuhl in den leichten Wind und den Schatten zu setzen.

«Nun haben Sie Ihren Löwen», sagte Robert Wilson zu ihm, «und einen verdammt guten dazu.»

Mrs. Macomber blickte rasch zu Wilson hinüber. Sie war eine außerordentlich hübsche und gepflegte Frau, deren Schönheit und gesellschaftliche Stellung vor fünf Jahren für die Anpreisung eines Schönheitsmittels, das sie nie benutzt hatte – versehen mit ihrer signierten Fotografie –, mit 5000 Dollar bewertet worden war. Sie war seit elf Jahren mit Francis Macomber verheiratet.

«Es ist ein guter Löwe, nicht wahr?» sagte Macomber. Seine Frau blickte jetzt ihn an. Sie blickte beide Männer an, als ob sie sie nie vorher gesehen hätte.

Einen, nämlich Wilson, den weißen Jäger, hatte sie bestimmt niemals zuvor richtig gesehen. Er war etwa mittelgroß, hatte aschblondes Haar, einen borstigen Schnurrbart, ein sehr rotes Gesicht und außerordentlich kalte blaue Augen mit weißlichen Fältchen in den Winkeln, die sich komisch vertieften, wenn er lächelte. Er lächelte sie jetzt an, und sie blickte von seinem Gesicht weg auf seine Schultern, die sich unter der losen Jacke, die er trug, rundeten, und auf die vier großen Patronen, die in Schlaufen steckten, wo die linke Brusttasche hätte sein sollen, auf seine großen braunen Hände, seine alte Hose, seine sehr schmutzigen Schaftstiefel und dann wieder auf sein rotes Gesicht. Ihr fiel auf, daß das Ziegelrot seines Gesichts an der weißen Linie haltmachte, die der Rand seines Tropenhelms, der jetzt an einem Haken der Zeltstange hing, hinterlassen hatte.

«Also auf den Löwen!» sagte Robert Wilson. Wieder lächelte er ihr zu, und ohne zu lächeln sah sie auf seltsame Art ihren Mann an.

Francis Macomber war sehr groß, sehr gut gewachsen – wenn man nichts gegen ein derartig langes Gestell einzuwenden hatte –, dunkel, sein Haar war wie bei einem Seemann kurz geschoren; er war ziemlich schmallippig, und man fand ihn gut aussehend. Er hatte die gleichen Safarisachen an, wie Wilson sie trug, nur daß seine neue waren; er war 35 Jahre alt, hielt sich sehr gut in Form, bewährte sich auf dem Sportplatz, hielt eine Reihe Großwild- und Angelrekorde und hatte sich eben in aller Öffentlichkeit als Feigling erwiesen.

«Auf den Löwen!» sagte er. «Ich kann Ihnen niemals genug danken für das, was Sie getan haben.»

Margaret, seine Frau, sah von ihm weg und wieder zu Wilson hin. «Reden wir nicht von dem Löwen», sagte sie.

Wilson sah, ohne zu lächeln, zu ihr hinüber, und jetzt lächelte sie ihn an.

«Es war ein sehr merkwürdiger Tag», sagte sie. «Sollten Sie nicht auch mittags unter dem Sonnendach Ihren Hut tragen? Sie haben mir das selbst gesagt.»

«Kann ihn ja aufsetzen», sagte Wilson.

«Wissen Sie, daß Sie ein sehr rotes Gesicht haben, Mr. Wilson?» sagte sie zu ihm und lächelte wieder.

«Vom Trinken», sagte Wilson.

«Das glaube ich nicht», sagte sie. «Francis trinkt eine Menge, aber sein Gesicht ist niemals rot.»

«Heute ist es rot.» Macomber versuchte einen Scherz zu machen.

«Nein», sagte Margaret. «Meines ist heute rot. Aber Mr. Wilsons ist immer rot.»

«Muß die Rasse sein», sagte Wilson. «Hören Sie, können Sie nicht lieber meine Schönheit als Gesprächsstoff aus dem Spiel lassen?»

«Ich habe doch gerade erst damit angefangen.»

«Schluß damit, ja?» sagte Wilson.

«Es wird schwierig werden mit der Unterhaltung», sagte Margaret.

«Sei nicht so dumm, Margot», sagte ihr Mann.

«Gar nicht schwierig», sagte Wilson. «Er hat einen Mordskerl von einem Löwen gekriegt.»

Margaret sah sie beide an, und beide merkten, daß sie nahe am Weinen war. Wilson hatte es schon eine ganze Weile kommen sehen, und er fürchtete sich davor. Macomber fürchtete sich längst nicht mehr davor.

«Ich wollte, es wäre nicht passiert. Ach, ich wollte, es wäre nicht passiert», sagte sie, stand auf und ging auf ihr Zelt zu. Sie weinte lautlos, aber man konnte sehen, wie ihre Schultern unter dem rosafarbenen, lichtechten Hemd, das sie trug, bebten.

«Frauen verlieren leicht mal die Fassung», sagte Wilson zu dem großen Mann. «Hat nichts auf sich. Überreizte Nerven und dies und jenes.»

«Nein», sagte Macomber. «Das hängt mir jetzt für den Rest meines Lebens an.»

«Unsinn. Trinken wir 'n Schluck von dem Rattengift», sagte Wilson. «Vergessen Sie die ganze Geschichte. Hat nichts auf sich.»

«Man kann's versuchen», sagte Macomber. «Ich werde jedoch nicht vergessen, was Sie für mich getan haben.»

«Gar nichts», sagte Wilson. «Was für ein Unsinn!»

So saßen sie da im Schatten, wo das Lager aufgeschlagen war, unter einigen breitkronigen Akazien, hinter ihnen eine geröllbedeckte Klippe und ein Grasstreifen, der bis zum Ufer eines geröllgefüllten Flußbettes vor ihnen reichte, und Wald jenseits davon – saßen bei ihrem gut temperierten Limonensaft und vermieden, einander anzusehen, während die Boys den Tisch zum Essen deckten. Wilson spürte, daß die Boys jetzt im Bilde waren, und als er Macombers Privatboy neugierig seinen Herrn anblicken sah, als er ein paar Schüsseln auf den Tisch stellte, fuhr er ihn auf Suaheli an. Der Bursche wandte sich mit ausdruckslosem Gesicht ab.

«Was haben Sie ihm gesagt?» fragte Macomber.

«Gar nichts. Sagte ihm, er solle sich sputen, sonst würde ich dafür sorgen, daß er fünfzehn von der besten Sorte kriegt.»

«Was heißt das, Schläge?»

«Es ist ganz gesetzwidrig», sagte Wilson. «Man soll ihnen Geldstrafen aufbrummen.»

«Werden sie immer noch ausgepeitscht?»

«O ja. Es könnte Stunk geben, falls sie sich beklagen sollten, aber sie tun's nicht. Ist ihnen lieber als Geldstrafen.»

«Wie merkwürdig», sagte Macomber.

«Gar nicht merkwürdig eigentlich», sagte Wilson. «Was

würden Sie lieber tun, 'ne Tracht Prügel einstecken oder Ihr Gehalt einbüßen?»

Dann war er verlegen, weil er das gefragt hatte, und ehe Macomber antworten konnte, fuhr er fort: «Wissen Sie, wir haben schließlich alle jeden Tag unsere Prügel einzustecken – so oder so.»

Das machte es nicht besser. Weiß Gott, dachte er, ich bin ein Diplomat, wahrhaftig.

«Ja, wir stecken unsere Prügel ein», sagte Macomber und sah ihn immer noch nicht an. «Die Geschichte mit dem Löwen tut mir schrecklich leid. Es braucht doch nicht herauszukommen, wie? Ich meine, niemand wird davon erfahren, nicht wahr?»

«Sie meinen, ob ich es im *Mathaiga Club* erzählen werde?» Wilson sah ihn jetzt kalt an. Das hatte er nicht erwartet. Also ist er ein verdammter Scheißkerl und nicht nur ein verdammter Feigling, dachte er. Ich hatte ihn auch ganz gern bis heute. Aber wie soll man sich bei so 'nem Amerikaner auskennen?

«Nein», sagte Wilson. «Ich bin Berufsjäger. Wir reden nie über unsere Kundschaft. Da können Sie ganz beruhigt sein. Es verstößt aber gegen den guten Ton, uns um Verschwiegenheit zu bitten.»

Es war ihm jetzt klar, daß es viel einfacher sein würde, glatt zu brechen. Er würde dann allein essen und konnte bei seinen Mahlzeiten ein Buch lesen. Sie würden allein essen. Er würde mit ihnen auf sehr förmlicher Basis die Safari durchführen – wie nannten es doch die Franzosen? – *considération distinguée* –, und es würde verdammt viel einfacher sein, als diesen ganzen Gefühlskitsch mitmachen zu müssen. Er würde ihn beleidigen und einen klaren

Bruch herbeiführen. Dann konnte er beim Essen ein Buch lesen und immer noch ihren Whisky trinken. Das war die stehende Redensart, wenn eine Safari schiefging. Man traf einen anderen weißen Jäger und fragte: «Wie geht denn die Sache», und der antwortete: «Hm, ich trinke immer noch ihren Whisky», und man wußte, daß alles in die Brüche gegangen war.

«Es tut mir leid», sagte Macomber und sah ihn mit seinem amerikanischen Gesicht an, das jungenhaft bleiben würde, bis es ältlich wurde, und Wilson musterte sein seemännisch kurz geschorenes Haar, seine schönen, ganz leicht ausweichenden Augen, seine gut geschnittene Nase, die schmalen Lippen und die hübsche Mundpartie. «Es tut mir leid, daß ich das nicht wußte. Es gibt eine Menge Sachen, die ich nicht weiß.»

Was sollte man da machen? dachte Wilson. Er war fest entschlossen, rasch und sauber zu brechen, und da entschuldigte sich dieser Tölpel, nachdem er ihn gerade beleidigt hatte. Er machte noch einen Versuch. «Haben Sie keine Sorge, daß ich reden könnte», sagte er. «Ich muß mein Brot verdienen. Sie wissen doch, in Afrika verfehlt keine Frau je ihren Löwen, und kein Weißer nimmt Reißaus.»

«Ich hab Reißaus genommen wie ein Hase», sagte Macomber.

Tja, in drei Teufels Namen, was sollte man mit einem Mann anfangen, der so redete? überlegte Wilson.

Wilson sah Macomber mit seinen flachen blauen Augen an – den Augen eines Maschinengewehrschützen –, und der andere lächelte ihm zu. Er hatte ein nettes Lächeln, wenn man nicht bemerkte, wie sehr seine Augen verrieten, wenn er sich verletzt fühlte.

«Vielleicht kann ich's mit einem Büffel wieder wettmachen», sagte er. «Das wird das nächste für uns sein, nicht wahr?»

«Morgen früh, wenn Sie wollen», sagte Wilson zu ihm. Vielleicht hatte er sich geirrt. War anständig, es *so* zu nehmen! Man konnte wahrhaftig auch nicht das geringste bei so einem Amerikaner voraussagen. Er war wieder ganz für Macomber. Wenn man den Morgen vergessen könnte! Aber natürlich, das konnte man nicht. Der Morgen war ungefähr so scheußlich gewesen wie nur möglich.

«Da kommt die Memsahib», sagte er. Sie kam von ihrem Zelt auf sie zu und sah erfrischt und vergnügt und ganz reizend aus. Sie hatte ein ebenmäßiges, ovales Gesicht, so ebenmäßig, daß man sie leicht für dumm halten konnte. Aber sie war nicht dumm, dachte Wilson, nein, dumm war sie nicht.

«Wie geht es dem schönen rotgesichtigen Mr. Wilson? Fühlst du dich besser, Francis, meine Zierde?»

«Ja, danke», antwortete Macomber.

«Ich bin mit der ganzen Geschichte fertig», sagte sie und setzte sich an den Tisch. «Was macht es denn schon aus, ob Francis sich aufs Löwenschießen versteht oder nicht? Das ist nicht sein Geschäft; das ist Mr. Wilsons Geschäft. Mr. Wilson ist wirklich sehr eindrucksvoll beim Schießen. Nicht wahr, Sie schießen doch alles?»

«Aber ja, alles», sagte Wilson, «einfach alles.» Die sind, dachte er, die Allerhärtesten auf der ganzen Welt, die Härtesten, die Grausamsten, die Raubtierhaftesten und die Reizvollsten, und während sie hart geworden sind, sind ihre Männer schlapp geworden oder ihre Nerven sind in die Brüche gegangen. Oder kommt es vielleicht daher, daß sie sich Männer aussuchen, die sie lenken können? In dem Alter, in dem sie heiraten, können sie aber noch nicht soviel wissen, dachte er. Er war dankbar, daß er seine Erfahrungen mit amerikanischen Frauen bereits hinter sich hatte, denn diese hier war sehr anziehend.

«Wir gehen morgen früh auf Büffel», sagte er zu ihr.

«Ich komme mit», sagte sie.

«Nein, das werden Sie nicht.»

«Doch, ich komme. Nicht wahr, ich kann, Francis?»

«Warum willst du nicht im Lager bleiben?»

«Um keinen Preis», sagte sie. «So was wie heute möchte ich mir um keinen Preis entgehen lassen.»

Als sie fortging, dachte Wilson, als sie wegging, um zu weinen, da schien sie ein verdammt anständiges Frauenzimmer zu sein. Sie schien zu verstehen, zu begreifen, verletzt zu sein seinetwegen und auch um ihrer selbst willen und zu wissen, worum es eigentlich ging. Sie ist zwanzig Minuten weg, und jetzt ist sie wieder da, von Kopf bis Fuß emailliert mit jener amerikanischen Weibergrausamkeit. Es sind die verfluchtesten Weiber der Welt. Wahrhaftig die allerverfluchtesten.

«Morgen werden wir dir ein neues Schauspiel bieten», sagte Francis Macomber.

«Sie werden nicht mitkommen», sagte Wilson.

«Sie irren sich», antwortete sie ihm. «Und ich möchte *so* gern sehen, wie Sie sich wieder produzieren. Heute morgen waren Sie wunderbar. Das heißt, falls es wunderbar ist, Köpfe zu zerschießen.»

«Hier kommt das Essen», sagte Wilson. «Sie sind sehr vergnügt, was?»

«Warum nicht; ich bin nicht hier herausgekommen, um mich zu langweilen.»

«Nun, langweilig war es nicht», sagte Wilson. Er konnte das Geröll im Fluß sehen und jenseits das hohe Ufer mit den Bäumen, und er dachte an den Morgen zurück.

«O nein», sagte sie, «es war entzückend. Und morgen – Sie können sich nicht vorstellen, wie ich mich auf morgen freue!»

«Das ist Elen, was er Ihnen serviert», sagte Wilson.

«Das sind die großen, kuhartigen Dinger, die wie Hasen hüpfen, nicht wahr?»

«So kann man sie beschreiben», sagte Wilson.

«Es ist sehr gutes Fleisch», sagte Macomber.

«Hast du es geschossen, Francis?»

«Ja.»

«Die sind nicht gefährlich, nicht wahr?»

«Nur wenn sie auf einen rauffallen», sagte Wilson.

«Was bin ich froh.»

«Warum nicht mit den Weibergemeinheiten ein bißchen aufhören, Margot?» sagte Macomber, während er das Antilopensteak schnitt und etwas Kartoffelbrei, Sauce und Karotten auf die nach unten zeigende Gabel häufte, die das Stück Fleisch aufspießte.

«Könnte ich wohl», sagte sie, «da du es so hübsch ausgedrückt hast.»

«Heute abend wollen wir den Löwen mit Sekt begießen», sagte Wilson. «Es ist mittags ein bißchen zu heiß.»

«Ach, der Löwe», sagte Margaret. «Den Löwen hatte ich ganz vergessen.»

Na, sie nimmt ihn *tüchtig* hoch, und ob! dachte Robert Wilson bei sich, oder ist das vielleicht ihre Art, gute Miene zum bösen Spiel zu machen? Wie soll sich eine Frau benehmen, wenn sie entdeckt, daß ihr Mann ein verdammter Feigling ist? Sie ist verflucht grausam, aber grausam sind sie alle. Sie haben das Kommando, natürlich, und um zu kommandieren, muß man manchmal grausam sein. Dennoch, ich hab ihren verdammten Terror satt.

«Nehmen Sie noch etwas Elenantilope?» sagte er höflich zu ihr.

Später an jenem Nachmittag fuhren Wilson und Macomber mit dem eingeborenen Chauffeur und den zwei Gewehrträgern im Auto hinaus. Mrs. Macomber blieb im Lager. Zum Ausgehen sei es zu heiß, sagte sie, und sie würde am frühen Morgen mit ihnen kommen. Als sie losfuhren, sah Wilson sie unter dem großen Baum stehen; sie war eher hübsch als schön in ihrem zart-rosigen Khaki, dem dunklen Haar, das sie nach hinten aus der Stirn gezogen und im Nacken in einem tiefen Knoten zusammengefaßt hatte, und einem Gesicht, das so frisch aussah, als ob sie in England wäre. Sie winkte ihnen zu, als sich das Auto durch das hohe Gras der Niederung in Bewegung setzte und sich zwischen den Bäumen hindurch zu den kleinen, mit Gebüsch bestandenen Hügeln hinaufwand.

Im Gebüsch fanden sie eine Herde Impalas, und sie verließen das Auto und pirschten einen alten Widder mit großen, weitgespreizten Hörnern an, und Macomber erlegte ihn mit einem sehr beachtlichen Schuß, der den Bock aus einer Entfernung von beinah zweihundert Metern umwarf und die Herde wild losjagen und sie mit hochgezogenen Läufen, in langen Sätzen eines über des anderen Rücken springen ließ – in Sätzen, unwahrscheinlich und schwebend, wie die, die man manchmal in Träumen macht.

«Das war ein anständiger Schuß», sagte Wilson. «Sie sind nur ein kleines Ziel.»

«Taugt das Gehörn was?» fragte Macomber.

«Es ist hervorragend», sagte Wilson zu ihm. «Wenn Sie so schießen, wird alles glattgehen.»

«Glauben Sie, daß wir morgen Büffel finden werden?»

«Die Aussichten sind gut. Sie äsen früh am Morgen, und mit ein bißchen Glück können wir sie im freien Gelände erwischen.»

«Ich möchte diese Löwengeschichte gern aus der Welt schaffen», sagte Macomber. «Es ist nicht sehr angenehm, wenn die eigene Frau sieht, daß man so etwas macht.»

Ich würde meinen, es ist noch weit unangenehmer, so etwas zu tun, oder wenn man's getan hat, darüber zu reden, dachte Wilson, ob die Frau es sieht oder nicht sieht. Aber er sagte: «Ich würde nicht mehr daran denken. Jeden kann der erste Löwe umschmeißen. Das ist jetzt vorbei.»

Aber an jenem Abend, nach dem Essen und einem Whisky-Soda am Feuer vorm Schlafengehen, als Francis Macomber auf seinem Feldbett unter dem Moskitonetz lag und auf die nächtlichen Geräusche horchte, war es nicht vorbei. Es war weder vorbei noch fing es an. Es war da, genauso, wie es sich zugetragen hatte, mit einigen unauslöschlich eingeprägten Einzelheiten, und er schämte sich hundserbärmlich darüber. Aber stärker noch als Scham fühlte er kalte, aushöhlende Angst in sich. Die Angst war noch da, wie ein kaltes, schleimiges Loch in all der Leere, wo früher einmal sein Selbstvertrauen gewesen war, und sie erregte ihm Übelkeit. Sie war jetzt immer noch da in ihm.

Es hatte die Nacht vorher angefangen, als er aufgewacht

war und den Löwen brüllen hörte, irgendwo oben am Fluß. Es war ein tiefer Ton, und zum Schluß war so was wie ein hustendes Grunzen, und das klang, als ob er direkt vor dem Zelt war, und als Francis Macomber in der Nacht aufwachte und es hörte, hatte er Angst. Er konnte seine Frau ruhig im Schlaf atmen hören. Da war niemand, dem er sagen konnte, daß er Furcht hatte, niemand, der sich mit ihm fürchtete, und da lag er allein und kannte das Somali-Sprichwort nicht, das sagt, daß ein tapferer Mann immer dreimal vor einem Löwen Angst hat: wenn er zum erstenmal seine Spur sieht, wenn er ihn zum erstenmal brüllen hört und wenn er ihm zum erstenmal gegenübersteht. Dann, als sie, ehe die Sonne aufgegangen war, bei Laternenlicht draußen im Speisezelt Frühstück aßen, brüllte der Löwe wieder, und es kam Francis vor, als ob er dicht am Rand des Lagers sei.

«Scheint ein alter Knabe zu sein», sagte Wilson und blickte von seinen Bücklingen und seinem Kaffee auf. «Hören Sie, er hustet!»

«Ist er sehr nahe?»

«Eine Meile oder so stromaufwärts.»

«Werden wir ihn sehen?»

«Wir werden ihn sehen.»

«Daß sein Brüllen so weit trägt! Es klingt, als ob er mitten im Lager wäre.»

«Trägt verdammt weit», sagte Robert Wilson. «Es ist merkwürdig, wie es trägt. Hoffentlich ist es eine jagdbare Katze. Die Boys sagen, es gäbe hier herum einen sehr großen.»

«Falls ich zum Schuß komme», fragte Macomber, «wo soll ich hintreffen, um ihn zu stoppen?»

«Aufs Blatt», sagte Wilson. «Ins Genick, wenn's geht. Schießen Sie aufs Rückgrat. Schießen Sie ihn nieder.»

«Hoffentlich kann ich den Schuß richtig anbringen», sagte Macomber.

«Sie schießen sehr gut», sagte Wilson zu ihm. «Lassen Sie sich Zeit. Nehmen Sie ihn genau aufs Korn. Der erste Treffer zählt.»

«Wie weit wird es sein?»

«Kann man nicht sagen. Der Löwe hat da mitzureden. Würde nicht schießen, wenn er nicht nah genug ist, so daß Sie ihn sicher haben.»

«Auf weniger als neunzig Meter?» fragte Macomber.

Wilson blickte ihn kurz an.

«Neunzig ist ungefähr richtig. Kann sein, daß Sie ihn ein wenig kürzer angehen müssen. Würde keinen Schuß von viel weiter weg riskieren. Neunzig ist 'ne anständige Schußweite. Da können Sie ihn treffen, wo immer Sie wollen. Da kommt die Memsahib.»

«Guten Morgen», sagte sie. «Sind wir hinter dem Löwen her?»

«Sobald Sie mit Ihrem Frühstück fertig sind», antwortete Wilson. «Wie fühlen Sie sich?»

«Großartig», sagte sie. «Ich bin furchtbar aufgeregt.»

«Ich will nur mal gehen und sehen, ob alles fertig ist.» Wilson stand auf. Während er wegging, brüllte der Löwe wieder. «Alter Krakeeler», sagte Wilson. «Dem werden wir ein Ende machen.»

«Was ist los, Francis?» fragte ihn seine Frau.

«Nichts», sagte Macomber.

«Doch, es ist etwas», sagte sie. «Worüber regst du dich auf?»

«Über gar nichts», sagte er.

«Sag mir . . .» sie sah ihn an, «fühlst du dich nicht wohl?»

«Es ist dies verdammte Gebrüll», sagte er. «Weißt du, es ging die ganze Nacht durch.»

«Warum hast du mich nicht geweckt?» sagte sie. «Ich hätte es zu gern gehört.»

«Ich muß das verdammte Biest schießen», sagte Macomber jämmerlich.

«Na, deswegen bist du doch hier draußen, nicht?»

«Ja, aber ich bin nervös. Das Gebrüll von dem Biest fällt mir auf die Nerven.»

«Also dann schieß ihn tot, wie Wilson sagte, und mach dem Gebrüll ein Ende.»

«Jawohl, Liebling», sagte Francis Macomber. «Es klingt einfach, nicht wahr?»

«Du hast doch nicht Angst, oder doch?»

«Natürlich nicht. Aber ich bin nervös von dem Gebrüll die ganze Nacht über.»

«Du wirst ihn ganz fabelhaft erledigen», sagte sie. «Ich weiß, du wirst. Ich bin schon wahnsinnig gespannt darauf, es zu sehen.»

«Frühstücke fertig und wir brechen auf.»

«Es ist noch nicht hell», sagte sie. «Dies ist eine lächerliche Zeit.»

Gerade da brüllte der Löwe. Eine brusttiefe, stöhnende, plötzlich kehlige und anschwellende Schwingung schien die Luft zu erschüttern und endete in einem Seufzer und einem schweren, brusttiefen Grunzen.

«Es klingt, wie wenn er direkt hier im Lager wäre», sagte Macombers Frau.

«Weiß Gott», sagte Macomber. «Ich hasse diesen verdammten Lärm.»

«Es ist sehr eindrucksvoll.»

«Eindrucksvoll? Es ist grauenhaft.»

Eben da erschien Robert Wilson wieder; er trug seine kurze, häßliche, erschreckend großkalibrige .505 Gibbs und grinste.

«Kommen Sie», sagte er. «Der Gewehrträger hat Ihre Springfield und die große Büchse. Es ist alles im Auto. Haben Sie Ihre Vollmantelgeschosse?»

«Ja.»

«Ich bin bereit», sagte Mrs. Macomber.

«Müssen diesem Gebrüll ein Ende machen», sagte Wilson. «Gehen Sie nach vorn. Die Memsahib kann hier hinten mit mir sitzen.»

Sie kletterten in das Auto, fuhren los und im ersten grauen Tageslicht zwischen den Bäumen hindurch, flußaufwärts. Macomber öffnete den Verschluß seiner Büchse und sah, daß er Vollmantelgeschosse darin hatte, schloß die Kammer und sicherte. Er sah, wie seine Hand zitterte. Er tastete in der Tasche nach weiteren Patronen und fuhr mit den Fingern über die Patronen in den Schlaufen vorn in seiner Jacke. Er drehte sich um, Wilson zu, der auf dem Rücksitz in dem türlosen, kastenartigen Auto neben seiner Frau saß; beide grinsten vor Aufregung, und Wilson beugte sich vor und flüsterte:

«Sehen Sie die Vögel einfallen? Bedeutet, daß der alte Bursche seine Beute verlassen hat.»

Am jenseitigen Flußufer sah Macomber Geier über den Bäumen kreisen und plötzlich senkrecht niederstoßen.

«Gut möglich, daß er hier entlangkommen wird, um zu

saufen, ehe er sich zur Ruhe legt», flüsterte Wilson. «Halten Sie die Augen auf.»

Sie fuhren langsam an der hohen Böschung des Flusses entlang, die hier tief in sein geröllgefülltes Bett einschnitt, und sie wanden sich bei der Fahrt zwischen großen Bäumen hindurch. Macomber beobachtete das gegenüberliegende Ufer, als er fühlte, daß Wilson seinen Arm packte. Das Auto hielt.

«Da ist er», hörte er flüstern. «Geradeaus und nach rechts. Steigen Sie aus und schießen Sie. Es ist ein wunderbarer Löwe.»

Jetzt sah Macomber den Löwen. Er stand, fast in ganzer Länge sichtbar, das mächtige Haupt erhoben und ihnen zugewandt. Der frühe Morgenwind, der ihnen entgegenwehte, bewegte gerade seine dunkle Mähne, und der Löwe sah riesenhaft aus, scharf umrissen im grauen Morgenlicht auf der Uferböschung mit seinem schweren Blatt und dem tonnenförmigen, ebenmäßig gewölbten Rumpf.

«Wie weit ist er?» fragte Macomber und hob die Büchse.

«Ungefähr siebzig. Steigen Sie aus und schießen Sie.»

«Warum nicht von hier – wo ich bin – schießen?»

«Man schießt sie nicht vom Auto aus», hörte er Wilson ihm ins Ohr sagen. «Steigen Sie aus. Der bleibt da nicht den ganzen Tag stehen.»

Macomber stieg über die geschwungene Öffnung neben dem Vordersitz auf das Trittbrett und hinunter auf den Boden. Der Löwe stand immer noch da und blickte majestätisch und kühl auf diesen Gegenstand hin, den seine Augen nur als Umriß wahrnahmen – massig ausladend wie ein Riesen-Rhino. Ihm wurde keine Menschenwitterung zugetragen, und er beobachtete den Gegenstand und bewegte sein mächtiges Haupt ein wenig von einer Seite zur andern. Dann, während er den Gegenstand furchtlos beobachtete, jedoch zögerte, mit diesem Gegenüber das Ufer hinabzugehen, um zu trinken, sah er, wie sich die Gestalt eines Mannes davon loslöste, und er wandte das schwere Haupt und setzte in Sprüngen der Deckung der Bäume zu, als er ein berstendes Krachen hörte und den Einschlag einer .30-06, 220-grain-kalibrigen, massiven Patrone fühlte, die sich in seine Flanke einbiß und mit jäher, heißer, siedender Übelkeit seinen Magen aufschlitzte. Er trabte schwerfällig, großpfotig, verwundet, prall-leibig, schwankend durch die Bäume dem hohen Gras und der Deckung zu, und das Krachen kam noch einmal, ging an ihm vorbei und zerriß die Luft. Dann krachte es noch einmal, und er fühlte den Schlag, als er seine unteren Rippen traf und weiter aufschlitzte, und Blut plötzlich heiß und schaumig im Maul, und er galoppierte dem hohen Gras zu, wo er sich niederkauern konnte und nicht gesehen werden wurde und wo sie das krachende Ding nahe genug heranbringen mußten, daß er lossetzen und den Mann, der es hielt, erwischen konnte.

Als Macomber aus dem Auto stieg, hatte er nicht überlegt, wie dem Löwen zumute war. Er wußte nur, daß seine Hände zitterten, und als er sich vom Auto entfernte, war es ihm fast unmöglich, seine Beine in Bewegung zu setzen. Sie waren steif in den Oberschenkeln, aber er konnte fühlen, wie die Muskeln flogen. Er hob die Büchse, zielte auf die Stelle zwischen Kopf und Schultern des Löwen und drückte ab. Nichts geschah, obgleich er am Abzug zog und abdrückte, bis er glaubte, sein Finger würde zerbrechen.

Dann wurde ihm klar, daß noch gesichert war, und während er die Büchse senkte, um die Sicherung vorzuschieben, bewegte er sich noch einen starren Schritt vorwärts, und der Löwe, der seine Silhouette jetzt von der Silhouette des Autos losgelöst sah, wandte um und setzte sich in Trab, und als Macomber Feuer gab, hörte er einen Aufschlag, der besagte, daß die Kugel gesessen hatte, aber der Löwe lief weiter. Macomber schoß wieder, und alle sahen die Kugel hinter dem trabenden Löwen Erde aufwerfen. Er schoß nochmals und dachte daran, tiefer zu zielen, und alle hörten die Kugel auftreffen, und der Löwe ging in Galopp über und war im hohen Gras, bevor er noch repetieren konnte.

Macomber stand da, und sein Magen drehte sich um; seine Hände, die noch die schußbereite Springfield hielten, bebten, und seine Frau und Robert Wilson standen bei ihm. Neben ihm standen auch die beiden Gewehrträger und plapperten auf Wakamba.

«Ich hab ihn getroffen», sagte Macomber. «Ich hab ihn zweimal getroffen.»

«Sie haben ihn weidwund geschossen und dann noch irgendwo weiter vorn getroffen», sagte Wilson ohne Begeisterung. Die Gewehrträger sahen sehr ernst aus. Sie schwiegen jetzt.

«Vielleicht haben Sie ihn getötet», fuhr Wilson fort. «Wir müssen eine Weile warten, ehe wir hingehen, um es festzustellen.»

«Was meinen Sie damit?»

«Er soll sich erst ins Wundbett niedertun, bevor wir ihm nachspüren.»

«Hm», sagte Macomber.

«Es ist ein verdammt starker Löwe», sagte Wilson aufgeräumt, «er hat sich nur einen schlechten Platz ausgesucht.»

«Warum ist er schlecht?»

«Man sieht ihn erst, wenn man ganz dicht an ihn heran ist.»

«Hm», sagte Macomber.

«Kommen Sie, los», sagte Wilson. «Die Memsahib kann hier im Auto bleiben. Wir wollen gehen, uns die Schweißfährte besehen.»

«Bleib hier, Margot», sagte Macomber zu seiner Frau. Sein Mund war ganz trocken, und es fiel ihm schwer, zu reden.

«Warum?» fragte sie.

«Wilson sagt es.»

«Wir wollen es uns mal besehen», sagte Wilson. «Bleiben Sie hier. Von hier aus können Sie sogar besser sehen.»

«Schön.»

Wilson sprach auf Suaheli mit dem Fahrer. Er nickte und sagte: «Jawohl, Bwana.»

Dann gingen sie das steile Ufer hinunter und durch den Fluß, kletterten über und um das Geröll herum und das andere Ufer hinauf, zogen sich an ein paar vorspringenden Wurzeln hoch und gingen dann daran entlang, bis sie die Stelle fanden, wo der Löwe getrabt war, als Macomber zum erstenmal gefeuert hatte. Die Gewehrträger zeigten mit Grashalmen im kurzen Gras auf den dunklen Schweiß, der sich zwischen den Uferbäumen verlief.

«Was werden wir tun?» fragte Macomber.

«Keine große Auswahl», sagte Wilson. «Wir können das Auto nicht rüberbringen. Das Ufer ist zu steil. Wir wollen ihn ein bißchen steif werden lassen, dann werden Sie und ich hineingehen und nach ihm suchen.»

«Kann man nicht das Gras in Brand setzen?» fragte Macomber.

«Zu frisch.»

«Kann man nicht die Treiber schicken?»

Wilson sah ihn prüfend an. «Natürlich kann man», sagte er. «Aber es riecht ein bißchen nach Mord. Wir wissen, daß der Löwe getroffen ist, nicht wahr? Man kann einen unverletzten Löwen jagen – er wird sich vor einem Geräusch herbewegen –, aber ein krankgeschossener Löwe greift an. Man kann ihn erst sehen, wenn man direkt dran ist. Er wird sich völlig flach machen in einer Deckung, von der Sie nicht denken würden, daß sie einen Hasen verbergen könnte. In so'nen Zirkus kann man nicht gut halbwüchsige Jungens hineinschicken. Irgendwer kriegt bestimmt was ab.»

«Und die Gewehrträger?»

«Oh, die gehen mit uns. Es ist ihre *shauri*. Verstehen Sie, die haben sich dazu verpflichtet. Sehr glücklich sehen sie jedoch nicht aus, was?»

«Ich will da nicht hineingehen», sagte Macomber. Es war heraus, bevor er wußte, daß er's gesagt hatte.

«Ich auch nicht», sagte Wilson sehr munter. «Haben aber tatsächlich keine Wahl.» Dann, nachträglich, warf er einen flüchtigen Blick auf Macomber und sah auf einmal, wie er zitterte, und den jämmerlichen Ausdruck auf seinem Gesicht.

«Selbstverständlich brauchen Sie nicht hineinzugehen», sagte er. «Dafür bin ich ja angeheuert, nicht wahr? Darum bin ich auch so teuer.»

«Wollen Sie sagen, daß Sie da allein reingehen würden? Warum ihn nicht dort lassen?»

Robert Wilson, der sich nur mit dem Löwen und dem Problem, das er bot, beschäftigt hatte und der gar nicht an Macomber gedacht hatte, außer um vielleicht zu bemerken, daß er ein Angsthase war, hatte plötzlich ein Gefühl, als ob er in einem Hotel die falsche Tür geöffnet und etwas Peinliches gesehen hätte.

«Was wollen Sie damit sagen?»

«Warum ihn nicht einfach dort lassen?»

«Sie meinen, uns selbst vormachen, daß er nicht getroffen ist?»

«Nein, einfach lassen.»

«Das tut man nicht.»

«Warum nicht?»

«Erstens hat er bestimmt Schmerzen. Zweitens könnte irgendwer anderes zufällig auf ihn stoßen.»

«Ach so.»

«Aber Sie brauchen gar nichts damit zu tun zu haben.»

«Ich möchte aber», sagte Macomber. «Wissen Sie, ich hab's nur mit der Angst.»

«Ich werde vorangehen, wenn wir reingehen», sagte Wilson, «und Kongoni wird der Spur folgen. Halten Sie sich hinter mir und ein bißchen seitwärts. Sehr möglich, daß wir ihn knurren hören. Wenn wir ihn sehen, schießen wir beide. Machen Sie sich keinerlei Sorgen. Ich decke Sie die ganze Zeit. Wissen Sie, tatsächlich sollten Sie vielleicht lieber nicht gehen. Es ist wahrscheinlich viel besser. Warum gehen Sie nicht hinüber zu der Memsahib, während ich die Sache eben erledige?»

«Nein, ich möchte gehen.»

«Schön», sagte Wilson. «Aber gehen Sie nicht hinein, wenn Sie nicht wollen. Dies ist jetzt meine *shauri*, nicht wahr?»

«Ich möchte gehen», sagte Macomber.

Sie saßen unter einem Baum und rauchten.

«Wollen Sie hinübergehen und sich mit der Memsahib unterhalten, während wir warten?» fragte Wilson.

«Nein.»

«Ich geh eben mal hinüber und sag ihr, sie soll Geduld haben.»

«Gut», sagte Macomber. Er saß da mit trockenem Mund, ein hohles Gefühl im Magen, schwitzte unter den Armen und suchte den Mut aufzubringen, Wilson zu sagen, daß er allein hineingehen und den Löwen ohne ihn erledigen solle. Er konnte nicht wissen, daß Wilson wütend war, weil er den Zustand, in dem er sich befand, nicht eher bemerkt und ihn zu seiner Frau zurückgeschickt hatte. Während er so dasaß, kam Wilson zurück. «Hier ist Ihre große Büchse», sagte er. «Nehmen Sie sie. Ich glaube, wir haben ihm genug Zeit gelassen. Kommen Sie.»

Macomber nahm die große Büchse, und Wilson sagte:

«Bleiben Sie hinter mir und ungefähr vier Meter rechts, und tun Sie genau, was ich Ihnen sage.» Dann sprach er auf Suaheli mit den beiden Gewehrträgern, die wie ein Bild des Trübsinns aussahen.

«Wir wollen gehen», sagte er.

«Kann ich einen Schluck Wasser haben?» fragte Macomber. Wilson redete mit dem älteren Gewehrträger, der eine Wasserflasche am Gürtel trug, und der Mann hakte sie los, schraubte den Verschluß ab und reichte sie Macomber, der sie nahm und dem auffiel, wie schwer sie schien und wie haarig und abgenutzt der Filzüberzug in seiner Hand war. Er hob sie in die Höhe, um zu trinken, und blickte gerade vor sich hin, auf das hohe Gras mit den flachkronigen Bäumen dahinter. Eine Brise wehte ihnen entgegen, und das Gras wogte leise im Wind. Er blickte den Gewehrträger an, und er konnte sehen, daß der Gewehrträger auch Angst hatte.

Dreißig Meter tiefer im Gras lag der große Löwe flach hingestreckt am Boden. Seine Ohren waren angelegt, und seine einzige Bewegung war ein schwaches Auf- und Abzucken seines langen, schwarzquastigen Schwanzes. Er stellte sich, sobald er diese Deckung erreicht hatte, und die Wunde in seinem vollen Leib ließ ihn erbrechen, und die Wunde in der Lunge, die ihm jedesmal, wenn er atmete, ein dünnes, schaumiges Rot ins Maul trieb, schwächte ihn. Seine Weichen waren naß und heiß, und Fliegen waren auf den kleinen Öffnungen, die die Kugeln in sein lehmfarbenes Fell gemacht hatten, und seine großen gelben, von Haß verengten Augen blickten starr vor sich hin und zuckten nur, wenn der Schmerz beim Atmen kam und seine Pranken sich in die ausgedörrte Erde gruben. Alles in ihm, Schmerz, Übelkeit, Haß und alle ihm verbliebene Kraft verdichteten sich zum Sprung. Er konnte die Männer sprechen hören, und er wartete und preßte sein ganzes Sein in diese Vorbereitung zum Angriff – die Männer sollten nur das Gras betreten. Als er ihre Stimmen hörte, steifte sich sein Schwanz und zuckte auf und nieder, und als sie den Rand des Grases betraten, gab er ein hustendes Grunzen von sich und griff an.

Kongoni, der alte Gewehrträger an der Spitze, hielt die Schweißspur im Auge. Wilson beobachtete das Gras auf irgendeine Bewegung hin, die große Büchse schußbereit. Der zweite Gewehrträger blickte vorwärts und lauschte; Macomber war dicht hinter Wilson mit schußbereiter Büchse; sie hatten gerade das Gras betreten, als Macomber das bluterstickte, hustende Grunzen hörte und den rauschenden Ansturm im Gras sah. Das Nächste, was er wußte, war, daß er rannte, wild rannte, in Panik, ins Freie, dem Fluß zu.

Er hörte das *ca-ra-wong!* von Wilsons großer Büchse und nochmals in einem zweiten Krachen *carawong!*, und sich umwendend, sah er den Löwen, der jetzt grausig aussah, als sei der halbe Kopf weg, am Saum des hohen Grases auf Wilson zukriechen, während der rotgesichtige Mann den Verschluß an der kurzen, häßlichen Büchse betätigte und sorgfältig zielte und noch ein vernichtendes *carawong!* aus der Mündung kam, und der kriechende, schwere gelbe Rumpf des Löwen erstarrte und das riesige, verstümmelte Haupt nach vorn glitt, und Macomber, der allein in der Lichtung, in die er gelaufen war, stand und ein geladenes Gewehr in der Hand hielt, wußte, während zwei schwarze Männer und ein weißer Mann voller Verachtung auf ihn zurückblickten, daß der Löwe tot war. Er ging auf Wilson zu, und seine Länge wirkte wie ein nackter Vorwurf, und Wilson sah ihn an und sagte:

«Wollen Sie Aufnahmen machen?»

«Nein», sagte er.

Das war alles, was irgendwer gesagt hatte, bis sie beim Auto angelangt waren. Dann hatte Wilson gesagt:

«Prachtkerl von einem Löwen. Die Boys werden ihn abhäuten. Wir können genausogut hier im Schatten bleiben.»

Macombers Frau hatte ihn nicht angesehen, noch er sie, und er hatte neben ihr auf dem Rücksitz gesessen, während Wilson auf dem Vordersitz saß. Einmal hatte er hinübergelangt und die Hand seiner Frau genommen, ohne sie anzublicken, und sie hatte ihre Hand weggezogen. Als er über den Fluß blickte, wo die Gewehrträger den Löwen abhäuteten, konnte er sehen, daß sie das Ganze hatte mitansehen können. Während sie dasaßen, langte seine Frau nach vorn und legte ihre Hand auf Wilsons Schulter. Er wandte sich um, und sie beugte sich über den niedrigen Sitz vornüber und küßte ihn auf den Mund.

«Aber was denn?» sagte Wilson und wurde röter als seine gewohnte Ziegelfarbe.

«Mr. Robert Wilson», sagte sie. «Der schöne, rotgesichtige Mr. Robert Wilson.»

Dann setzte sie sich wieder neben Macomber und blickte hinweg über den Fluß dorthin, wo der Löwe lag mit hochstehenden, weißmuskeligen, sehnengezeichneten, nackten Vorderpranken und weißem, aufgetriebenem Bauch, als die Schwarzen ihm die Haut abschabten. Schließlich brachten die Gewehrträger das Fell herüber, naß und schwer, und kletterten mit ihm hinten hinein, nachdem sie es, bevor sie einstiegen, zusammengerollt hatten, und das Auto fuhr los. Niemand hatte irgend etwas gesagt, bis sie im Lager zurück waren.

Das war die Geschichte mit dem Löwen. Macomber hatte weder gewußt, wie dem Löwen zumute war, bevor er lossetzte, noch dabei, als ihm das unglaubliche Geschmetter der .505 mit einem Mündungsdruck von zwei Tonnen ins Maul geschlagen, noch was ihn danach weiter vorwärts getrieben hatte, als das zweite aufschlitzende Krachen ihm das Hinterteil zerschmetterte und er auf das krachende, explodierende Ding, das ihn vernichtet hatte, losgekrochen kam. Wilson wußte etwas davon und gab dem nur Ausdruck, indem er sagte: «Mordskerl von einem Löwen!» Aber Macomber wußte auch nicht, was Wilson den Dingen gegenüber empfand. Er wußte nicht, was seine Frau empfand; er wußte nur, daß er für sie erledigt war.

Er war schon häufiger für seine Frau erledigt gewesen, aber es dauerte nie an. Er war sehr wohlhabend und würde später noch viel wohlhabender sein, und er wußte, daß sie ihn jetzt nicht mehr verlassen würde. Das war eine von den wenigen Sachen, die er wirklich wußte. Das wußte er und über Motorräder wußte er Bescheid – das war das Früheste –, über Autos, über Entenjagd, über Forellen-, Lachs- und Hochseefischerei, über Erotik in Büchern, in vielen, zu vielen Büchern, über alle Ballspiele, über Hunde, nicht viel über Pferde, über das Zusammenhalten seines Geldes, über die meisten anderen Dinge, mit denen man sich in seiner Welt abgab, und daß ihn seine Frau nicht verlassen würde. Seine Frau war eine große Schönheit gewesen, und in Afrika war sie immer noch eine große Schönheit, aber zu Hause war sie keine so große Schönheit mehr, daß sie ihn hätte verlassen und es hätte besserhaben können, und sie wußte es, und er wußte es. Sie hatte die Chance, ihn zu verlassen, verpaßt, und er wußte es. Wenn er sich besser auf Frauen verstanden hätte, würde sie wahrscheinlich angefangen haben, sich Gedanken zu machen, daß er eine andere schöne Frau nehmen würde, aber sie wußte auch über ihn zu viel, um sich seinetwegen zu beunruhigen. Außerdem hatte er immer eine große Duldsamkeit gezeigt, was das Netteste an ihm zu sein schien, falls es nicht das

Unheimlichste war.

Alles in allem galten sie für ein verhältnismäßig glückliches Ehepaar, eines von jenen, über dessen Auseinandergehen häufig Gerüchte umlaufen, die aber nie Wirklichkeit werden, und – wie der Berichterstatter im Gesellschaftsteil sich ausdrückte: sie bereicherten ihre so viel beneidete und ewig anhaltende romantische Liebesgeschichte um mehr als die Würze des *Abenteuers* mit dieser *Safari* in dem, was als ‹dunkelstes Afrika› galt, bis die Martin Johnsons es auf der Filmleinwand in helles Licht gerückt hatten, wo sie *Old Simba*, dem Löwen, dem Büffel und *Tembo*, dem Elefanten, nachjagten und außerdem Ausstellungsstücke für das Naturkunde-Museum sammelten. Derselbe Berichterstatter hatte mitgeteilt, daß es mit ihnen bereits dreimal *auf der Kippe* gestanden hatte, was auch stimmte. Aber sie vertrugen sich immer wieder. Ihre eheliche Verbindung hatte eine zuverlässige Grundlage: Margaret war zu schön, als daß Macomber sich von ihr hätte scheiden lassen, und Macomber hatte zu viel Geld, als daß Margaret ihn je verlassen würde.

Es war jetzt gegen drei Uhr morgens, und Francis Macomber, der eine kurze Zeit über geschlafen hatte, nachdem er aufgehört hatte, über den Löwen nachzudenken, wachte auf und schlief wieder ein und erwachte plötzlich, im Traum geängstigt von dem blutköpfigen Löwen, der über ihm stand, und als er hinhorchte, während sein Herz hämmerte, merkte er, daß seine Frau nicht auf dem anderen Feldbett im Zelt war. Er lag zwei Stunden mit diesem Wissen wach.

Nach Ablauf dieser Zeit kam seine Frau ins Zelt, hob ihr Moskitonetz hoch und kroch behaglich ins Bett.

«Wo bist du gewesen?» fragte Macomber in der Dunkelheit.

«Hallo», sagte sie. «Bist du wach?»

«Wo bist du gewesen?»

«Ich war gerade mal draußen, um ein bißchen Luft zu schöpfen.»

«Den Teufel hast du das getan!»

«Was möchtest du denn, daß ich sage, Liebling?»

«Wo bist du gewesen?»

«Draußen, Luft schöpfen.»

«Das ist eine neue Bezeichnung dafür. Was für eine Hure du bist.»

«Na und du bist ein Feigling.»

«Gut», sagte er, «und was macht's?»

«Macht gar nichts, was mich anlangt. Aber bitte, wir wollen nicht reden, Liebling; ich bin so schläfrig.»

«Du glaubst, daß ich alles einstecke.»

«Ich weiß, du tust es, mein Süßer.»

«Das werde ich nicht.»

«Bitte, Liebling, wir wollen nicht reden. Ich bin so furchtbar schläfrig.»

«Es sollte nichts dergleichen passieren; du hattest es versprochen.»

«Ja, aber nun ist es eben passiert», sagte sie sanft.

«Du hast gesagt, daß, wenn wir die Reise machen würden, nichts dergleichen vorkommen würde. Du hattest es versprochen.»

«Ja, Liebling, so hatte ich's auch vor. Aber das gestern hat die Reise verdorben. Wir brauchen doch darüber nicht zu reden, nicht wahr?»

«Du wartest nicht lange, wenn du im Vorteil bist, was?»

«Bitte, wir wollen nicht sprechen. Ich bin so schläfrig, Liebling.»

«Ich werde aber sprechen.»

«Du brauchst keine Rücksicht auf mich zu nehmen, weil ich schlafen werde.» Und sie schlief.

Sie waren alle drei vor Tageslicht am Frühstückstisch, und Francis Macomber stellte fest, daß er von allen Männern, die er gehaßt hatte, Robert Wilson am meisten haßte.

«Gut geschlafen?» fragte Wilson mit seiner kehligen Stimme, während er sich eine Pfeife stopfte.

«Und Sie?»

«Großartig», erwiderte der weiße Jäger.

Du Scheißkerl, dachte Macomber, du unverschämter Scheißkerl.

Also hat sie ihn geweckt, als sie reinkam, dachte Wilson und sah sie beide mit seinen flachen, kalten Augen an. Na, warum sieht er nicht zu, daß seine Frau bleibt, wo sie hingehört? Wofür hält er mich denn, für einen verdammten Gipsheiligen? Soll *er* sehen, daß sie bleibt, wo sie hingehört. Ist seine eigene Schuld.

«Glauben Sie, daß wir Büffel finden werden?» fragte Margaret und schob eine Schüssel mit Aprikosen beiseite.

«Möglich», sagte Wilson und lächelte sie an. «Warum bleiben Sie nicht im Lager?»

«Für nichts in der Welt», sagte sie.

«Warum bestimmen Sie nicht, daß sie im Lager bleibt?» sagte Wilson zu Macomber.

«Bestimmen Sie's doch», sagte Macomber kalt.

«Lassen wir alles Bestimmen beiseite», und zu Macomber gewandt, «auch alle Albernheiten, Francis», sagte Margaret ganz freundlich.

«Sind Sie bereit, aufzubrechen?» fragte Macomber.

«Jederzeit», sagte Wilson. «Wollen Sie, daß die Memsahib mitgeht?»

«Spielt es eine Rolle, ob ich will oder nicht?»

Scheiße, dachte Robert Wilson. Verdammte Scheiße. Also so wird's jetzt sein. Na, dann *wird* es eben so sein.

«Macht keinen Unterschied», sagte er.

«Und Sie, Sie möchten bestimmt nicht lieber mit ihr im Lager bleiben und mich gehen und Büffel jagen lassen?» fragte Francis Macomber.

«Kann ich nicht tun», sagte Wilson. «Würde nicht so 'n Unsinn reden, wenn ich Sie wäre.»

«Ich rede keinen Unsinn. Es kotzt mich an.»

«Häßliches Wort, ‹ankotzen›.»

«Francis, versuche bitte, vernünftig zu reden», sagte seine Frau.

«Ich rede verdammt zu vernünftig», sagte Macomber. «Hat man je solchen Saufraß gegessen?»

«Mit dem Essen was nicht in Ordnung?» fragte Wilson ruhig.

«Nicht mehr als mit allem übrigen.»

«Ich würde mich zusammenreißen, junger Mann», sagte Wilson sehr ruhig. «Der eine Boy, der bei Tisch bedient, versteht ein bißchen Englisch.»

«Zum Teufel mit ihm.»

Wilson stand auf, paffte seine Pfeife, schlenderte davon und sprach ein paar Worte auf Suaheli mit dem einen Gewehrträger, der dastand und auf ihn wartete. Macomber und seine Frau blieben am Tisch sitzen. Er starrte auf seine Kaffeetasse.

«Wenn du eine Szene machst, verlasse ich dich, Liebling», sagte Margaret ruhig.

«Nein, das wirst du nicht.»

«Du kannst es ja versuchen und sehen.»

«Du wirst mich nicht verlassen.»

«Nein», sagte sie. «Ich werde dich nicht verlassen, und du wirst dich benehmen.»

«Mich benehmen? Feine Art zu reden. Ich mich benehmen!»

«Ja, dich benehmen.»

«Warum versuchst *du* nicht, dich zu benehmen?»

«Ich hab es so lange versucht, so sehr lange.»

«Ich hasse dieses rotgesichtige Schwein», sagte Macomber. «Sein Anblick ekelt mich an.»

«Er ist wirklich *sehr* nett.»

«Halt den Mund!» Macomber brüllte beinah. Gerade da fuhr das Auto vor und hielt vor dem Speisezelt, und der Fahrer und die beiden Gewehrträger stiegen aus. Wilson kam herüber und blickte auf die Eheleute, die am Tisch saßen.

«Wird auf Jagd gegangen?» fragte er.

«Ja», sagte Macomber und stand auf. «Ja.»

«Lieber was Wollenes mitnehmen, wird kühl im Auto sein», sagte Wilson.

«Ich werde meine Lederjacke holen», sagte Margaret.

«Der Boy hat sie», sagte Wilson zu ihr. Er kletterte vorne zu dem Fahrer, und Francis Macomber und seine Frau saßen, ohne zu sprechen, auf dem Rücksitz.

Hoffentlich kommt der alberne Kerl nicht auf den Gedanken, mir eine Kugel durch den Kopf zu jagen, dachte Wilson bei sich. Frauen sind eine wahre Pest auf Safari.

Das Auto knirschte beim Bergabfahren und überquerte

im grauen Tageslicht den Fluß an einer steinigen Furt und kletterte dann im Zickzack das steile Ufer hinan, wo auf Wilsons Anordnung tags zuvor ein Weg geschaufelt worden war, so daß sie in das parkartige, bewaldete, wellige Gelände auf dem jenseitigen Ufer gelangen konnten.

Ein guter Morgen, dachte Wilson. Es lag starker Tau, und während sich die Räder durch das Gras und das Gebüsch bewegten, konnte er den Geruch der zermalmten Farnwedel riechen. Es war ein Duft wie von Verbenen, und er liebte diesen Frühmorgenduft von Tau und zermalmtem Farnkraut und das Aussehen der Baumstümpfe, die im Dunst des frühen Morgens schwarz hervortraten, als das Auto seinen Weg durch das ungebahnte, parkartige Gelände nahm. Er hatte sich die beiden auf dem Rücksitz jetzt aus dem Kopf geschlagen und dachte an Büffel. Die Büffel, hinter denen er her war, hielten sich tagsüber in einem dichten Sumpf auf, wo man unmöglich zum Schuß kommen konnte, aber nachtsästen sie draußen im offenen Gelände, und wenn er mit dem Auto zwischen sie und ihren Sumpf kommen konnte, würde Macomber im Freien eine gute Chance haben. Er wollte nicht mit Macomber in dichter Deckung Büffel jagen. Er wollte überhaupt nicht und nichts, weder Büffel noch irgend etwas anderes mit Macomber jagen, aber er war Berufsjäger und war schon mit allerhand Käuzen auf die Jagd gegangen. Wenn sie heute Büffel kriegten, dann kamen nur noch Rhinos dran, und der arme Kerl hatte sein gefährliches Wild hinter sich, und alles konnte wieder angenehmer werden. Er würde mit der Frau nichts mehr zu schaffen haben, und Macomber würde auch darüber hinwegkommen. Allem Anschein nach hatte er auf diesem Gebiet schon allerlei durchgemacht. Armer Teufel! Er wußte aber wohl, wie man darüber hinwegkam. Na, es war seine eigene Scheißschuld; so ein blöder Kerl!

Er, Robert Wilson, nahm auf Safari ein doppelt breites Feldbett mit, um alles, was der Zufall für ihn abwarf, beherbergen zu können. Er jagte mit einer bestimmten Sorte Kundschaft, einer internationalen, draufgängerischen Sportclique, wo die Frauen glaubten, daß sie nicht auf ihre Kosten gekommen waren, wenn sie jenes Feldbett nicht mit dem weißen Jäger geteilt hatten. Er verachtete sie, wenn er von ihnen weg war, obschon er manche von ihnen zur Zeit gern genug gemocht hatte, aber er verdiente durch sie seinen Lebensunterhalt, und ihre Maßstäbe waren seine Maßstäbe während der Zeit, für die sie ihn engagierten.

Es waren seine Maßstäbe, in allem, bis aufs Jagen. Er hatte seine eigenen Maßstäbe, wenn es ums Schießen ging, und sie hatten ihnen gerecht zu werden oder sich einen andern zum Jagen zu suchen. Er wußte auch, daß sie ihn alle deswegen respektierten. Dieser Macomber war jedoch ein Sonderling. Verflucht, und ob! Und die Frau. Tja, die Frau. Ja, die Frau. Hm, die Frau. Na, das war für ihn erledigt. Er sah sich nach ihnen um. Macomber saß wütend und finster da. Margaret lächelte ihm zu. Sie sah heute jünger aus, unschuldiger und frischer und nicht so berufsmäßig schön. Was in ihrem Herzen vorgeht, weiß Gott, dachte Wilson. Sie hatte vergangene Nacht nicht viel gesprochen. Dabei war es ein Vergnügen, sie anzusehen.

Das Auto kletterte eine leichte Anhöhe hinan und fuhr weiter zwischen den Bäumen hindurch und dann hinaus auf eine grasige, prärieartige Lichtung, und hielt sich am

Rande im Schatten der Bäume, und der Fahrer fuhr langsam, und Wilson blickte aufmerksam über die Prärie hin und den ganzen jenseitigen Saum entlang. Er ließ den Wagen halten und musterte die Lichtung mit seinem Jagdglas. Dann gab er dem Fahrer ein Zeichen, weiterzufahren, und das Auto bewegte sich langsam vorwärts; der Fahrer wich den Warzenschweinlöchern aus und umfuhr die von Ameisen erbauten Lehmburgen. Dann, als er über die Lichtung blickte, wandte sich Wilson plötzlich um und sagte: «Weiß Gott, da sind sie.»

Und als er dorthin blickte, wo Wilson hinzeigte, während das Auto vorwärts setzte und Wilson in schnellem Suaheli mit dem Fahrer sprach, sah Macomber drei riesige schwarze Tiere, die in ihrer Länge und Schwerfälligkeit fast zylindrisch, wie große schwarze Tankwagen, aussahen, sich im Galopp am äußersten Rand der offenen Prärie entlang bewegen. Sie bewegten sich in steifnackigem, steifleibigem Galopp, und er konnte die hochgeschwungenen, breiten schwarzen Hörner auf ihren Köpfen sehen, als sie mit vorgestreckten Köpfen galoppierten, mit Köpfen, die sich nicht bewegten.

«Es sind drei alte Bullen», sagte Wilson. «Wir schneiden ihnen den Weg ab, bevor sie den Sumpf erreichen.»

Das Auto fuhr mit toller Siebzig-Kilometer-Geschwindigkeit quer durch das freie Gelände, und während Macomber hinsah, wurden die Büffel größer und größer, bis er die graue, haarlose, räudige Erscheinung des einen Riesenbullen sehen konnte und wie sein Nacken ein Teil seiner Schultern war, und das glänzende Schwarz seiner Hörner, als er etwas hinter den anderen hergaloppierte, die in jener steten, stampfenden Gangart aneinandergereiht waren, und dann, während das Auto schwankte, als ob es gerade aus der Bahn geraten wäre, kamen sie ganz nahe, und er konnte die stampfende Riesenhaftigkeit des Bullen sehen und den Staub in seinem spärlich behaarten Fell, den breiten Buckel aus Horn und seine vorgestreckte, breitnüstrige Schnauze, und er hob seine Büchse, als Wilson rief: «Nicht vom Auto aus, Sie Idiot!», und er hatte keine Angst, nur Haß auf Wilson, während die Bremsen griffen und das Auto schleuderte und es seitwärts pfügend fast zum Stehen kam und Wilson auf der einen Seite und er auf der andern hinaussprangen, und er taumelte, als seine Füße die noch unter ihm wegsausende Erde berührten, und dann schoß er auf den Bullen, als der sich entfernte, hörte, wie die Kugeln in ihn einschlugen und schoß seine Büchse leer auf ihn, während der Büffel sich stetig entfernte, und zum Schluß fiel es Macomber ein, seine Schüsse vorn aufs Blatt zu placieren, und als er herumfummelte, um nachzuladen, sah er den Bullen am Boden. Er sah ihn am Boden knien und den schweren Kopf hin und her werfen, und die beiden anderen sah er noch galoppieren, und er schoß auf den Leitbüffel und traf ihn. Er feuerte noch einmal und fehlte, und er hörte das Krachen, als Wilson schoß, und sah, wie der Leitbulle vornüber aufs Maul rutschte.

«Nehmen Sie den andern», sagte Wilson. «Jetzt schießen Sie!»

Aber der andere Bulle entfernte sich stetig in gleichförmigem Galopp, und er verfehlte ihn und warf Erdspritzer auf, und Wilson fehlte, und der Staub hob sich in einer Wolke, und Wilson schrie: «Kommen Sie, er ist zu weit weg!» und packte ihn am Arm, und sie waren wieder im Auto; Macomber und Wilson hingen zu beiden Seiten und schleuderten schwankend über den unebenen Boden und holten mit dem gleichmäßigen, stampfenden, schwernakkigen, vorwärts galoppierenden Bullen auf.

Sie waren hinter ihm, und Macomber lud sein Gewehr, ließ Patronen zu Boden fallen; der Verschluß klemmte; er beseitigte die Ladehemmung, und dann waren sie fast auf gleicher Höhe mit dem Bullen, als Wilson «Halt!» brüllte, und das Auto schlitterte so, daß es sich beinahe um sich selber drehte, und Macomber fiel vornüber auf die Füße, spannte und hielt so viel vor, daß er gerade noch in den galoppierenden, runden schwarzen Rücken zielen konnte, zielte und schoß noch einmal, noch einmal und noch einmal, und die Kugeln, die alle einschlugen, schienen dem Bullen anscheinend nichts anzuhaben. Dann schoß Wilson, das Krachen betäubte ihn, und er sah, wie der Bulle taumelte, Macomber schoß noch einmal; er zielte sorgfältig, und er ging nieder, auf die Knie.

«Gut», sagte Wilson. «Saubere Arbeit. Das wären die drei.»

Macomber fühlte eine trunkene Freude.

«Wie oft haben Sie geschossen?» fragte er.

«Genau dreimal», sagte Wilson. «Sie haben den ersten Bullen geschossen, den größten. Ich half Ihnen die beiden anderen erledigen. Hatte Angst, daß sie in Deckung gelangen würden. Erledigt haben Sie sie. Hab nur ein bißchen aufgeräumt. Sie haben verflucht gut geschossen.»

«Kommen Sie zum Auto», sagte Macomber. «Ich möchte etwas trinken.»

«Müssen erst den Büffel da erledigen», sagte Wilson. Der Büffel war auf den Knien, und er warf wütend den Kopf hin und her und fauchte in schweinsäugiger, brüllender Wut, als sie sich ihm näherten.

«Passen Sie auf, daß er nicht hochkommt», sagte Wilson. Dann: «Stellen Sie sich ein bißchen seitlich und treffen Sie ihn in den Hals, gerade hinterm Ohr.»

Macomber zielte sorgfältig auf die Mitte des riesigen, zuckenden, wutgetriebenen Halses und schoß. Auf den Schuß hin fiel der Kopf nach vornüber.

«Das tut's», sagte Wilson. «Haben das Rückgrat gekriegt. Sehen toll aus, die Biester, was?»

«Jetzt wollen wir etwas trinken», sagte Macomber. In seinem Leben hatte er sich nicht so wohl gefühlt.

Macombers Frau saß sehr weißgesichtig im Auto. «Du warst großartig, Liebling», sagte sie zu Macomber. «Das war aber eine Fahrt.»

«War es holprig?» fragte Wilson.

«Es war furchtbar. Ich hab mich in meinem Leben nicht so gefürchtet.»

«Wir wollen alle etwas trinken», sagte Macomber.

«Gewiß», sagte Wilson. «Geben Sie der Memsahib die Feldflasche.» Sie trank den puren Whisky und schauderte ein bißchen, als sie schluckte. Sie reichte Macomber die Feldflasche, der sie Wilson reichte.

«Es war furchtbar aufregend», sagte sie. «Ich hab schreckliches Kopfweh davon bekommen. Ich wußte aber nicht, daß man sie von Autos aus schießen darf.»

«Kein Mensch hat von Autos aus geschossen», sagte Wilson kalt.

«Ich meine, sie mit Autos jagen.»

«Würde man auch für gewöhnlich nicht», sagte Wilson. «Schien mir jedoch sportlich genug, während wir's taten. Riskierten mehr, derart quer über die Ebene voller Löcher und allem möglichen zu fahren, als zu Fuß zu jagen. Der Büffel hätte, wenn er's gewollt hätte, bei jedem Schuß auf uns losgehen können. Gaben ihm jede Chance. Würde es aber lieber keinem gegenüber erwähnen. Ist gesetzwidrig, falls Sie das meinen sollten.»

«Ich fand es sehr unfair», sagte Margaret, «diese großen, hilflosen Dinger mit dem Auto zu jagen.»

«Fanden Sie?» sagte Wilson.

«Was würde geschehen, wenn man es in Nairobi erführe?»

«Erst mal würde ich meine Lizenz verlieren. Noch allerhand andere Unannehmlichkeiten sonst», sagte Wilson und nahm einen Schluck aus der Flasche. «Ich wäre meinen Beruf los.»

«Wirklich?»

«Ja, wirklich.»

«Na», sagte Macomber, und er lächelte zum erstenmal an diesem Tag, «jetzt kann sie Ihnen eins auswischen.»

«Du hast eine so reizende Art, Sachen zu sagen, Francis», sagte Margaret Macomber. Wilson sah beide an. Wenn ein Scheißkerl ein Miststück heiratet, dachte er, was für Dreckspatzen die wohl als Kinder haben werden? Er sagte aber nur: «Wir haben den einen Gewehrträger verloren. Haben Sie's bemerkt?»

«Weiß Gott, nein», sagte Macomber.

«Da kommt er», sagte Wilson. «Es ist ihm nichts passiert. Er muß runtergefallen sein, als wir den ersten Bullen hinter uns ließen.»

Der ältliche Gewehrträger kam auf sie zu; er humpelte in seiner gestrickten Mütze, seiner Khakijacke, seiner kurzen Hose und seinen Gummisandalen daher; er blickte finster vor sich hin und sah verärgert aus. Als er herankam, rief er Wilson auf Suaheli etwas zu, und alle sahen die Veränderung im Gesicht des weißen Jägers.

«Was hat er gesagt?» fragte Margaret.

«Daß der erste Bulle aufgestanden und in den Busch gezogen ist», sagte Wilson ohne Ausdruck in der Stimme.

«Oh», sagte Macomber bestürzt.

«Dann wird's genau werden wie mit dem Löwen», sagte Margaret voller Vorfreude.

«Es wird ganz und gar nicht so werden wie mit dem Löwen», sagte Wilson zu ihr. «Wollen Sie noch etwas trinken, Macomber?»

«Danke, ja», sagte Macomber. Er erwartete, daß das Gefühl, das er beim Löwen gehabt hatte, wiederkommen würde, aber es kam nicht. Zum erstenmal in seinem Leben fühlte er sich wirklich völlig furchtlos. An Stelle von Furcht hatte er ein ausgesprochenes Gefühl ungemischter, froher Erregung.

«Wir wollen gehen und uns nach dem zweiten Bullen umsehen», sagte Wilson. «Ich werde dem Fahrer sagen, daß er den Wagen in den Schatten fährt.»

«Was wollt ihr machen?» fragte Margaret Macomber.

«Uns den Büffel ansehen», antwortete Wilson.

«Ich komme mit.»

«Kommen Sie.»

Zu dritt gingen sie hinüber zu der Stelle, wo der zweite Büffel schwarz in der Lichtung ragte, den Kopf vornüber auf dem Gras, die massiven Hörner weit geschwungen.

«Er hat ein sehr gutes Gehörn», sagte Wilson. «Das ist dicht an die fünfzig Zoll Auslage.»

Macomber sah ihn begeistert an.

«Er sieht widerwärtig aus», sagte Margaret. «Können wir nicht in den Schatten gehen?»

«Natürlich», sagte Wilson. «Sehen Sie mal», sagte er zu Macomber und zeigte mit der Hand. «Sehen Sie das Stück Busch da?»

«Ja.»

«Da ist der erste Bulle hineingegangen. Der Gewehrträger hat gesagt, daß der Bulle am Boden lag, als er vom Auto fiel. Er beobachtete uns, wie wir wie der Teufel davongepest sind und wie die beiden anderen Büffel galoppierten. Als er aufsah war der Bulle auf den Beinen und blickte ihn an. Der Gewehrträger ist wie der Teufel gerannt, und der Bulle ist langsam in den Busch da hineingegangen.»

«Können wir ihm jetzt nach?» fragte Macomber begierig.

Wilson sah ihn prüfend an. Verdammt noch mal, wenn das nicht ein seltsamer Kauz ist, dachte er. Gestern ist ihm übel vor lauter Angst und heute ist er ein ausgekochter Feuerfresser.

«Nein, wir wollen ihm Zeit lassen.»

«Bitte, laß uns in den Schatten gehen», sagte Margaret. Ihr Gesicht war weiß, und sie sah elend aus.

Sie gingen zum Auto zurück, das unter einem einzelnen, weitausladenden Baum stand, und kletterten hinein.

«Sehr gut möglich, daß er da drinnen tot ist», bemerkte Wilson. «Wollen bald mal nachsehen.»

Macomber verspürte ein wildes, unbändiges Glücksgefühl, das er nie zuvor gekannt hatte.

«Weiß Gott, das war eine Hatz!» sagte er. «Ich habe

nie zuvor so ein Gefühl gehabt. War es nicht wunderbar, Margot?»

«Ich fand es scheußlich.»

«Warum?»

«Ich fand es scheußlich», sagte sie bitter. «Einfach widerwärtig.»

«Wissen Sie, ich glaube nicht, daß ich je wieder vor etwas Angst haben werde», sagte Macomber zu Wilson. «Etwas ging in mir vor, nachdem wir den Büffel zuerst sahen und hinter ihm her liefen. Wie ein Damm, der bricht. Es war nichts als Aufregung.»

«So was reinigt die Leber», sagte Wilson. «Verdammt komische Sachen, die einem Menschen so passieren.»

Macombers Gesicht strahlte. «Wissen Sie, irgend etwas ist wirklich mit mir passiert», sagte er. «Ich fühl mich völlig anders.»

Seine Frau sagte nichts und musterte ihn seltsam. Sie saß weit zurückgelehnt auf dem Sitz, und Macomber saß vornüber gelehnt und redete mit Wilson, der sich halb umgedreht hatte und über die Lehne des Vordersitzes hinweg sprach.

«Wissen Sie, ich würde es gern noch einmal mit einem Löwen versuchen», sagte Macomber. «Ich habe jetzt wirklich keine Angst vor ihnen. Schließlich, was können sie einem schon anhaben?»

«So ist es», sagte Wilson. «Das Schlimmste, was er tun kann, ist einen töten. Wie geht es noch? Shakespeare. Verdammt gut. Sehen, ob ich mich erinnern kann. Hm, verdammt gut. Pflegte es mir seinerzeit selber vorzuzitieren. Warten Sie. ‹Meiner Treu, was geht's mich an; ein Mann kann nur einmal sterben; wir schulden Gott einen

Tod, und wie's auch gehen mag, wer dieses Jahr stirbt, braucht's im nächsten nicht mehr zu tun.› Verdammt schön, was?»

Er war sehr verlegen, nachdem er dies herausgebracht hatte, dem er nachgelebt hatte, aber er hatte schon vorher Menschen erwachsen werden sehen, und es ging ihm immer nahe. Es handelte sich nicht um ihren 21. Geburtstag.

Es hatte eines besonderen Jagdabenteuers bedurft, eines jähen Sturzes ins Handeln, ohne eine Gelegenheit, sich vorher Gedanken zu machen, um dies bei Macomber fertigzubringen, aber wodurch es auch geschehen sein mochte, geschehen war es ganz bestimmt. Sieh dir den Kerl jetzt an, dachte Wilson. Es liegt daran, daß manche so lange kleine Jungens bleiben, dachte Wilson. Manchmal ihr Leben lang. Ihre Körper sind noch jungenhaft, wenn sie fünfzig sind. Die berühmten amerikanischen ‹Knaben-Männer›. Verdammt komische Menschen. Aber er mochte diesen Macomber jetzt. Verdammt komischer Kerl. Bedeutete vielleicht auch das Ende des Hahnreitums. Na, das wäre verdammt gut. Verdammt gut. Der Kerl hatte wahrscheinlich sein Leben lang Angst gehabt. Ich weiß nicht, womit es anfing. Aber jetzt war's vorbei. Hatte keine Zeit gehabt, vor dem Büffel Angst zu haben. Das, und weil er dazu die Wut hatte. Auch das Auto. Autos machten es zu etwas Alltäglichem. Würde jetzt ein verdammter Feuerfresser sein. Er hatte es im Krieg genauso funktionieren sehen. Eine größere Veränderung, als je der Verlust der Jungfernschaft. Angst weg wie durch Operation. Etwas anderes wuchs an ihrer Stelle. Das Wesentlichste, was ein Mann hatte. Machte ihn zum Mann. Frauen kannten es auch. Keine Scheißangst.

Aus der Wagenecke blickte Margaret Macomber auf die beiden. Wilson hatte sich nicht verändert. Sie sah Wilson so, wie sie ihn tags zuvor gesehen hatte, als ihr zum erstenmal aufging, was seine große Begabung war. Aber sie sah jetzt die Veränderung in Francis Macomber.

«Kennen Sie das Glücksgefühl in bezug auf das, was geschehen wird?» fragte Macomber, der weiter seinem neuen Reichtum nachspürte.

«Man sollte nicht darüber reden», sagte Wilson und sah in das Gesicht des anderen. «Viel schicker, zu sagen, daß man Angst hat. Wohlgemerkt, Sie werden auch noch Angst haben, und zwar wieder und wieder.»

«Aber Sie *kennen* dieses Glücksgefühl vor der Tat?»

«Ja», sagte Wilson, «das gibt es. Tut aber nicht gut, über all das viel zu reden. Zerredet das Ganze. Das Beste von allem geht verloren, wenn man es zuviel beredet.»

«Ihr redet beide Quatsch», sagte Margaret. «Nur weil ihr gerade ein paar hilflose Tiere mit dem Auto gejagt habt, redet ihr wie Helden.»

«Verzeihung», sagte Wilson. «Ich hab zuviel geschwatzt.» Sie macht sich jetzt bereits Sorgen darüber, dachte er.

«Wenn du nicht weißt, worüber wir reden, warum mischst du dich dann ein?» fragte Macomber seine Frau.

«Du bist ja plötzlich furchtbar tapfer geworden», sagte seine Frau geringschätzig. Aber ihre Geringschätzung war nicht echt. Sie hatte vor etwas große Angst.

Macomber lachte, ein sehr natürliches, herzhaftes Lachen. «Weißt du, ich bin's *wirklich*», sagte er. «Ich bin's wirklich.»

«Ist es nicht ein bißchen spät?» sagte Margaret bitter.

Denn sie hatte sich Jahre hindurch die größte Mühe gegeben, und daran, wie sie jetzt miteinander standen, war nicht einer allein schuld.

«Nicht für mich», sagte Macomber.

Margaret sagte nichts, sondern setzte sich in ihrem Sitz zurück.

«Glauben Sie, daß wir ihm jetzt Zeit genug gelassen haben?» fragte Macomber Wilson munter.

«Wir können mal nachsehen», sagte Wilson. «Haben Sie noch Vollmantelgeschosse?»

«Der Gewehrträger hat welche.»

Wilson rief etwas auf Suaheli, und der ältere Gewehrträger, der einen der Köpfe abhäutete, richtete sich auf, holte eine Schachtel Vollmantelgeschosse aus der Tasche und brachte sie zu Macomber hinüber, der das Magazin füllte und die übrigen Patronen in die Tasche steckte.

«Sie könnten geradesogut mit der Springfield schießen», sagte Wilson. «Sie sind an die gewöhnt. Wir wollen die Mannlicher bei der Memsahib im Auto lassen. Ihr Gewehrträger kann Ihnen Ihre schwere Büchse tragen. Ich hab diese verdammte Kanone. Jetzt lassen Sie mich Ihnen noch was über die Büffel da erzählen.» Er hatte dies bis zum Schluß aufgespart; er hatte Macomber nicht beunruhigen wollen. «Wenn ein Büffel angreift, kommt er mit erhobenem, vorgestrecktem Kopf auf einen zu. Der Buckel der Hörner schützt ihn gegen jede Art von Kopfschuß. Der einzige Schuß ist direkt ins Maul. Der einzige andere Schuß ist in die Brust, oder, wenn Sie seitlich stehen, in den Hals oder aufs Blatt. Wenn sie erst einmal angeschossen sind, gehört allerhand dazu, sie zu töten. Versuchen Sie keine Kunststücke. Nehmen Sie den leichtesten Schuß, der sich Ihnen bietet. Sie sind jetzt mit dem Aushäuten von dem Kopf da fertig. Wollen wir losgehen?»

Er rief den Gewehrträgern etwas zu, die sich die Hände abwischten und herankamen. Der Ältere stieg hinten ein.

«Ich nehme nur Kongoni mit», sagte Wilson. «Der andere kann aufpassen und die Vögel verscheuchen.»

Als das Auto langsam durch das freie Gelände auf die Insel von Bäumen und Unterholz zufuhr, die wie eine belaubte Zunge an einem ausgetrockeneten Wasserlauf, der die offene Niederung schnitt, entlanglief, fühlte Macomber das Hämmern seines Herzens, und sein Mund war wieder trocken, aber es war Aufregung, nicht Angst.

«Hier ist die Stelle, wo er reingegangen ist», sagte Wilson. Dann auf Suaheli zu dem Gewehrträger: «Nimm die Schweißfährte auf.»

Das Auto stand parallel zu dem Stück Busch. Macomber, Wilson und der Gewehrträger stiegen aus. Macomber blickte zurück und sah, daß seine Frau mit dem Gewehr neben sich ihn anblickte. Er winkte ihr zu, aber sie winkte nicht zurück.

Das Buschwerk vor ihnen war sehr dicht, und der Boden war trocken. Der ältliche Gewehrträger schwitzte heftig, und Wilson hatte den Hut tief ins Gesicht gezogen, und sein roter Nacken leuchtete dicht vor Macomber. Plötzlich sagte der Gewehrträger irgend etwas auf Suaheli zu Wilson und rannte vorwärts.

«Er ist tot da drinnen», sagte Wilson. «Gute Arbeit», und er wandte sich um und packte Macombers Hand, und während sie einander die Hände schüttelten und sich angrinsten, brüllte der Gewehrträger wie wild, und sie sahen ihn aus dem Busch herauskommen, seitwärts, schnell wie eine Krabbe, und den Bullen kommen, Nase geradeaus, festgeschlossenes Maul, bluttriefend, massigen Kopf vorgestreckt, im Angriff kommen, und die kleinen Schweinsaugen blutunterlaufen, als er sie anblickte. Wilson, der zuvorderst war, kniete und schoß, und Macomber, der bei dem Krachen von Wilsons Büchse den eigenen Schuß nicht hörte, sah, als er schoß, Stücke wie Schiefer von dem riesigen Hornwulst absplittern, und der Kopf schleuderte hin und her, und er schoß noch einmal auf die offenen Nüstern, und sah wieder die Hörner rucken und die Splitter umherfliegen, und er sah jetzt Wilson nicht und zielte sorgfältig und schoß noch einmal, die riesige Masse des Büffels beinahe auf sich drauf und seine Büchse beinahe auf gleicher Höhe mit dem näher kommenden Kopf, der vorgestreckten Nase, und er konnte die kleinen, bösartigen Augen sehen, und der Kopf begann sich zu senken, und er fühlte einen plötzlichen, weißglühenden, blendenden Blitz in seinem Kopf explodieren, und das war alles, was er noch fühlte.

Wilson hatte sich etwas zur Seite geduckt, um einen Blattschuß anzubringen. Macomber hatte unbeweglich dagestanden und aufs Maul geschossen und immer eine Spur zu hoch geschossen und die schweren Hörner getroffen, sie zersplittert und abgebröckelt, als ob er ein Schieferdach getroffen hätte, und Mrs. Macomber im Auto hatte mit der 6.5 Mannlicher auf den Büffel geschossen, als er gerade Macomber zu durchbohren schien, und hatte ihren Mann ungefähr fünf Zentimeter und ein bißchen seitlich über der Schädelbasis getroffen.

Francis Macomber lag jetzt mit dem Gesicht nach unten, keine zweieinhalb Meter von der Stelle, wo der Büffel niedergestreckt lag, und seine Frau kniete über ihm, mit Wilson neben sich.

«Ich würde ihn nicht umdrehen», sagte Wilson.

Die Frau weinte hysterisch.

«Ich würde mich wieder ins Auto setzen», sagte Wilson. «Wo ist die Büchse?»

Sie schüttelte den Kopf; ihr Gesicht war verzerrt. Der Gewehrträger hob die Büchse auf.

«Laß alles, wie's ist», sagte Wilson. Dann: «Geh, hol Abdullah, damit er über die Art des Unfalls aussagen kann.»

Er kniete nieder, zog sein Taschentuch heraus und breitete es über Francis Macombers kurzgeschorenen Kopf, so wie er lag. Das Blut sickerte in die trockene, lockere Erde.

Wilson stand auf und sah den Büffel auf der Seite liegen, die Beine ausgestreckt, den dünnbehaarten Leib von Zekken krabbelnd. Prachtkerl von einem Bullen, vermerkte sein Verstand automatisch. Gut fünfzig Zoll oder mehr. Mehr. Er rief den Fahrer und hieß ihn eine Decke über die Leiche breiten und bei ihr bleiben. Dann ging er zum Auto hinüber, in dem die Frau weinend in einer Ecke saß.

«Das haben Sie ja fein gemacht», sagte er mit tonloser Stimme. «Er *hätte* Sie auch verlassen.»

«Seien Sie still», sagte sie.

«Natürlich ist es ein Unfall», sagte er. «Das weiß ich.»

«Seien Sie still», sagte sie.

«Machen Sie sich keine Sorgen», sagte er. «Es wird ein gewisses Maß an Unannehmlichkeiten geben, aber ich werde ein paar Aufnahmen machen lassen, die beim Verhör sehr nützlich sein werden. Dann haben wir ja auch noch die Zeugenaussagen der Gewehrträger und des Fahrers. Es passiert Ihnen nichts.»

«Seien Sie still», sagte sie.

«Gibt eine verdammte Menge zu erledigen», sagte er. «Ich muß einen Lastwagen zum See schicken, um nach einem Flugzeug zu funken, das uns drei nach Nairobi bringen kann. Warum haben Sie ihn nicht vergiftet? So macht man's in England.»

«Seien Sie still. Seien Sie still. Seien Sie still!» schrie die Frau.

Wilson sah sie mit seinen flachen blauen Augen an.

«Jetzt bin ich fertig», sagte er. «Ich war ein bißchen ärgerlich. Ich fing gerade an, Ihren Mann gern zu haben.»

«Ach bitte, seien Sie still», sagte sie. «Bitte, bitte, seien Sie still.»

«So ist's besser», sagte Wilson. «Bitte ist viel besser. Jetzt werde ich still sein.»

Die Hauptstadt der Welt

Madrid wimmelt von Jungen, die Paco heißen: das ist die Abkürzung des Namens Francisco, und es gibt einen Madrider Witz von einem Vater, der nach Madrid kam und in den Kleinanzeigen im *El Liberal* folgendes Inserat aufgab: *«Paco, komm Dienstagmittag ins Hotel Montana. Alles vergeben. Papa»*, und wie eine ganze Kompanie Guardia Civil aufgeboten werden mußte, um die achthundert jungen Männer auseinanderzutreiben, die auf die Anzeige hin gekommen waren. Aber dieser Paco, der in der Pension *Luarca* bei Tisch bediente, hatte weder einen Vater, der ihm vergeben konnte, noch etwas, was ein Vater ihm hätte vergeben können. Er hatte zwei ältere Schwestern, die in der *Luarca* Zimmermädchen waren, die ihre Stellung dadurch bekommen hatten, daß sie aus demselben kleinen Dorf stammten wie ein früheres *Luarca*-Zimmermädchen, das sich als arbeitsam und ehrlich erwiesen und so ihrem Dorf und dessen Erzeugnissen einen guten Ruf verschafft hatte; und diese Schwestern hatten ihm die Fahrt im Omnibus nach Madrid bezahlt und ihm die Anstellung als Kellnerlehrling besorgt. Er kam aus einem Dorf aus einer Gegend von Extremadura, in dem die Lebensbedingungen unglaublich primitiv waren, das Essen rar und jede Bequemlichkeit unbekannt, und er hatte, so lange er denken konnte, schwer gearbeitet.

Er war ein gut gewachsener Bursche mit tiefschwarzem, ziemlich krausem Haar, gesunden Zähnen und einer Haut, um die ihn seine Schwestern beneideten, und er hatte stets ein kindlich-heiteres Lächeln bereit. Er war flink auf den Beinen, tat ordentlich seine Arbeit, und er liebte seine Schwestern, die ihm schön und weltstädtisch vorkamen; er liebte Madrid, das für ihn immer noch etwas Phantastisches war, und er liebte seine Arbeit, die er im hellen Lampenlicht tat und die ihm – mit sauberer Tischwäsche, Abendanzug und ausreichendem Essen in der Küche – romantisch schön schien.

Etwa acht bis zwölf andere Leute wohnten in der *Luarca* und aßen im Speisezimmer, aber für Paco, den jüngsten der drei Kellner, die bei Tisch bedienten, waren die einzigen, die wirklich existierten, die Stierkämpfer.

Zweitklassige Matadore wohnten in dieser Pension, weil die Adresse Calle San Jerónimo gut war; das Essen war ausgezeichnet und Zimmer und Verpflegung waren billig. Es ist wesentlich, daß sich ein Stierkämpfer, wenn auch nicht gerade den Anschein von Wohlhabenheit, doch zum mindesten von Wohlanständigkeit gibt, da in Spanien Würde und äußeres Auftreten mehr gelten als Mut und die am höchsten geschätzten Tugenden sind, und die Stierkämpfer blieben in der *Luarca* so lange, bis ihre letzten Peseten ausgegeben waren. Man weiß von keinem Stierkämpfer, der die *Luarca* für ein besseres oder teureres Hotel verlassen hätte; zweitklassige Stierkämpfer wurden niemals erstklassige; aber der Abstieg von der *Luarca* war rapide, da dort jeder wohnen konnte, der überhaupt etwas verdiente, und da keinem Gast je eine Rechnung ungebeten vorgelegt wurde, bis die Frau, die das Unternehmen leitete, wußte, daß der Fall hoffnungslos war.

Zu jener Zeit wohnten außer zwei sehr guten Picadores

und einem ausgezeichneten Banderillero drei Matadores in der *Luarca*. Die *Luarca* war für die Picadores und Banderilleros, deren Familien in Sevilla lebten, und die während der Frühjahrssaison in Madrid eine Unterkunft benötigten, ein Luxus; aber sie wurden gut bezahlt, waren fest angestellt bei Stierkämpfern, die in der kommenden Saison eine Menge Kontrakte hatten, und die drei Subalternen verdienten wahrscheinlich jeder einzelne viel mehr als einer der drei Matadore. Von den drei Matadoren war einer krank und suchte es zu verheimlichen, einer war nur kurze Zeit Mode gewesen, und der dritte war ein Feigling.

Der Feigling war einstmals, bevor er eine besonders abscheuliche Hornwunde im Unterleib erhalten hatte, zu Beginn seiner ersten Saison als Matador außergewöhnlich tapfer und bemerkenswert geschickt gewesen, und er hatte noch viele der burschikosen Manierismen aus seiner Glanzzeit beibehalten. Er war übertrieben jovial und lachte dauernd, mit und ohne Anlaß. Er hatte, als er noch erfolgreich war, anderen gern einen Schabernack gespielt, aber er hatte das jetzt aufgegeben. Und damit schwand auch die Sicherheit, die er nicht fühlte. Dieser Matador hatte ein gescheites, freimütiges Gesicht und benahm sich mit viel Grandezza.

Der Matador, der krank war, bemühte sich, es nie zu zeigen, und aß peinlich genau ein bißchen von allen Gerichten, die bei Tisch gereicht wurden. Er hatte eine Unzahl Taschentücher, die er in seinem Zimmer selber auswusch, und kürzlich hatte er seine Kampfkostüme verkauft. Eines hatte er billig vor Weihnachten verkauft und ein anderes in der ersten Aprilwoche. Es waren sehr teure

Anzüge gewesen, die immer gut gehalten worden waren, und einen hatte er noch. Ehe er krank wurde, war er ein vielversprechender, ja sogar ein aufsehenerregender Stierkämpfer gewesen, und obwohl er selbst nicht lesen konnte, hatte er Zeitungsausschnitte, in denen stand, daß er bei seinem ersten Auftreten in Madrid besser als Belmonte gewesen sei. Er aß allein an einem kleinen Tisch und blickte sehr selten auf.

Der Matador, der einmal Mode gewesen war, war sehr klein, braun und voller Würde. Auch er aß allein an einem kleinen Tisch, und er lächelte sehr selten und lachte nie. Er kam aus Valladolid, wo die Menschen außergewöhnlich ernsthaft sind, und er war ein fähiger Matador; aber sein Stil war bereits veraltet, bevor es ihm gelungen war, sich durch seine guten Eigenschaften, nämlich Mut und Umsicht, beim Publikum beliebt zu machen, und sein Name auf einem Plakat lockte niemanden in die Arena. Seine Eigenart hatte darin bestanden, daß er so klein war, daß er dem Stier kaum über den Widerrist sehen konnte, aber es gab noch mehr kleine Kämpfer, und es war ihm niemals gelungen, sich in der Gunst des Publikums durchzusetzen.

Einer der Picadores war ein magerer, grauhaariger Mann mit einem Habichtgesicht, von zierlichem Wuchs, aber mit Armen und Beinen wie aus Eisen, der immer unter seiner Hose hohe Viehtreiberstiefel trug, jeden Abend zuviel trank und jede Frau in der Pension verliebt anstarrte. Der andere war riesengroß, dunkel, braungesichtig, gut aussehend, mit schwarzem Haar wie ein Indianer und gewaltigen Händen. Beide waren hervorragende Picadores, obschon es von dem einen hieß, daß er durch Trunksucht und

Ausschweifung viel von seiner Gewandtheit eingebüßt habe, und vom zweiten, daß er zu dickköpfig und streitsüchtig sei, um länger als eine einzige Saison bei irgendeinem Matador zu bleiben.

Der Banderillero war in mittleren Jahren, grau, katzenhaft flink trotz seines Alters, und wenn er bei Tisch saß, sah er wie ein mäßig erfolgreicher Geschäftsmann aus. Seine Beine taten es diese Saison noch, und sollten sie einmal versagen, war er gescheit und erfahren genug, um noch lange Zeit hindurch ständige Beschäftigung zu finden. Der Unterschied würde sein, daß, wenn es mit der Flinkheit seiner Füße vorbei war, er immer Angst haben würde, während er jetzt, innerhalb und außerhalb der Arena, sicher und ruhig war.

An diesem Abend hatten alle das Speisezimmer verlassen bis auf den Picador mit dem Habichtsgesicht, der zuviel trank, einen Mann, dessen Gesicht mit einem Muttermal gezeichnet war, der auf den Jahrmärkten und Volksfesten Spaniens Uhren versteigerte, der auch zuviel trank, und zwei Priester aus Galicia, die an einem Ecktisch saßen und wenn auch nicht gerade zuviel, so doch bestimmt genug tranken. Damals war in der *Luarca* der Wein im Preis für Zimmer und Verpflegung inbegriffen, und die Kellner hatten gerade dem Auktionator, dann dem Picador und schließlich den beiden Priestern frische Flaschen Valdepeñas an die Tische gebracht.

Die drei Kellner standen am anderen Ende. Es war die Hausordnung, daß sie alle auf ihrem Posten blieben, bis die Gäste, für deren Tische sie verantwortlich waren, gegangen waren, aber der eine, der den Tisch der beiden Priester bediente, hatte sich verabredet, um zu einer Versammlung der Anarcho-Syndikalisten zu gehen, und Paco hatte sich bereit erklärt, seinen Tisch zu übernehmen.

Oben lag der Matador, der krank war, allein auf seinem Bett, mit dem Gesicht in den Kissen. Der Matador, der keine Attraktion mehr war, saß da und blickte aus dem Fenster, bevor er sich anschickte, ins Café zu gehen. Der Matador, der ein Feigling war, hatte Pacos ältere Schwester bei sich im Zimmer und versuchte, sie zu etwas zu bringen, was zu tun sie lachend ablehnte. Dieser Matador sagte: «Los, komm, du kleine Wilde.»

«Nein», sagte die Schwester. «Warum sollte ich denn?»

«Aus Nettigkeit.»

«Sie haben gegessen, und jetzt wollen Sie mich als Nachtisch.»

«Bloß einmal. Was ist denn schon dabei.»

«Lassen Sie mich zufrieden. Lassen Sie mich zufrieden, sag ich Ihnen.»

«Es ist doch nur eine ganze Kleinigkeit.»

«Lassen Sie mich zufrieden, sag ich Ihnen.»

Unten im Speisezimmer sagte der größere Kellner, der längst auf der Versammlung hätte sein müssen: «Sieh mal, wie diese schwarzen Schweine saufen.»

«Das ist keine Art, zu reden», sagte der zweite Kellner. «Es sind anständige Kunden. Sie trinken nicht zuviel.»

«Das ist meine Art, zu reden», sagte der Große. «Die Stiere und die Priester, die sind Spaniens Fluch.»

«Gewiß nicht der einzelne Stier und nicht der einzelne Priester», sagte der zweite Kellner.

«Doch», sagte der lange Kellner. «Nur durch das Individuum kann man die Klasse angreifen. Es ist notwendig, den einzelnen Stier und den einzelnen Priester zu töten.

Jeden einzelnen von ihnen. Dann gibt's keine mehr.»

«Heb dir das für die Versammlung auf», sagte der andere Kellner.

«Sieh dir doch die Unmenschlichkeit in Madrid an», sagte der große Kellner. «Jetzt ist es halb zwölf, und die kneipen immer noch.»

«Sie haben erst um zehn mit Essen angefangen», sagte der andere Kellner. «Du weißt ja, wieviel Gänge es gibt. Der Wein da ist billig, und sie haben dafür bezahlt. Es ist kein schwerer Wein.»

«Wie kann es eine Solidarität der Arbeiter geben, solange es solche Dummköpfe wie dich gibt?» fragte der lange Kellner.

«Sieh mal», sagte der zweite Kellner, der ein Mann von fünfzig war. «Ich hab mein ganzes Leben lang gearbeitet. Den Rest meines Lebens werde ich arbeiten müssen. Ich habe nichts gegen Arbeit einzuwenden. Arbeiten ist normal.»

«Ja, aber Arbeitslosigkeit tötet.»

«Ich habe immer gearbeitet», sagte der ältere Kellner. «Geh zu deiner Versammlung. Es ist nicht nötig, daß du hierbleibst.»

«Du bist ein guter Kamerad», sagte der große Kellner. «Aber dir fehlt jede Ideologie.»

«Mejor si me falta eso que el otro», sagte der ältere Kellner. «Besser, mir fehlt's daran, als an Arbeit. Los, geh zu deiner Versammlung.»

Paco hatte nichts gesagt. Er verstand noch nichts von Politik, aber es überlief ihn immer heiß und kalt, wenn er den großen Kellner von der Notwendigkeit sprechen hörte, die Priester und die Guardia Civil totzuschlagen. Der große Kellner verkörperte für ihn die Revolution, und Revolution war auch romantisch. Er selbst wollte gern ein guter Katholik sein *und* ein Revolutionär, eine feste Anstellung wie diese hier haben und gleichzeitig ein Stierkämpfer sein.

«Geh zu deiner Versammlung, Ignacio», sagte er. «Ich übernehm deine Arbeit.»

«Wir beide», sagte der ältere Kellner.

«Ist nicht mal für einen genug», meinte Paco. «Geh zur Versammlung.»

«Pues me voy», sagte der große Kellner. «Und vielen Dank.»

Inzwischen hatte sich Pacos Schwester oben geschickt wie ein Ringkämpfer, der sich aus einem Griff löst, der Umarmung des Matadors entzogen und sagte jetzt ärgerlich: «So sind die ausgehungerten Leute. Ein bankrotter Stierkämpfer. Mit Ihrer Tonnenladung von Angst. Wenn Sie soviel davon haben, verwenden Sie's doch in der Arena.»

«Du redest wie eine Hure.»

«Eine Hure ist auch eine Frau, aber ich bin keine Hure.»

«Du wirst schon eine werden.»

«Nicht durch Sie.»

«Laß mich zufrieden», sagte der Matador, der jetzt, da er abgelehnt und zurückgewiesen war, die nackte Feigheit wiederkehren fühlte.

«Sie zufriedenlassen? Was hat Sie denn nicht zufriedengelassen?» sagte die Schwester. «Wollen Sie nicht, daß ich Ihr Bett zurechtmache? Dafür werde ich bezahlt.»

«Laß mich zufrieden», sagte der Matador; sein breites, gutaussehendes Gesicht verzerrte sich zu einer Grimasse, als wenn er weinen wollte. «Du Hure. Du dreckige kleine Hure.»

«Matador», sagte sie und machte die Tür zu. «Mein Matador.»

Drinnen saß der Matador auf dem Bett. Sein Gesicht zeigte immer noch die Grimasse, die in der Arena zu einem starren Lächeln wurde, und den Leuten in den ersten Sitzreihen, die wußten, was los war, Angst machte. «Und das», sagte er laut. «Und das mir. Und das mir.»

Er konnte sich daran erinnern, als er in Form gewesen war, und das war erst drei Jahre her. Er konnte sich an das Gewicht der schweren, goldbrokatenen Kampfjacke auf seinen Schultern erinnern, an jenen heißen Mainachmittag, als seine Stimme in der Arena noch die gleiche gewesen war wie im Café, und wie er die Klinge mit gesenkter Spitze entlangvisiert hatte auf die staubbedeckte Stelle oben zwischen den Schultern in dem kurzhaarigen schwarzen Muskelhöcker über den ausladenden, ins Holz stoßenden, zerspellten Hörnern, die sich senkten, als er zum Töten hineinstieß, und wie der Degen so leicht wie in einen Klumpen harter Butter eindrang, und wie er mit der Handfläche den Degenknauf weiterstieß, den linken Arm tief abgewinkelt, die linke Schulter vor, das Gewicht auf dem linken Bein, und dann war sein Gewicht nicht auf seinem Bein. Sein Gewicht war auf seinem Unterleib, und als der Stier den Kopf hob, war das Horn in ihm nicht zu sehen, und er schwang zweimal auf dem Horn herum, bevor sie ihn herunterzerrten. Deshalb konnte er jetzt, wenn er zum Töten hineinging – und es war selten –, die Hörner nicht ansehen, und was wußte so eine Hure schon, was er durchzumachen hatte, bevor er kämpfte? Und was hatten die schon durchgemacht, die über ihn lachten? Es waren alles Huren, und sie wußten, was sie damit rausschlagen konnten.

Unten im Speisezimmer saß der Picador und sah die Priester an. Wenn Frauen im Zimmer waren, starrte er die an. Wenn keine Frauen da waren, pflegte er mit Vergnügen einen Fremden, *un inglés*, anzustarren, aber in Ermangelung von Frauen oder Fremden starrte er mit Vergnügen und Unverfrorenheit die beiden Priester an. Während er hinstarrte, stand der Auktionator mit dem Muttermal auf, faltete seine Serviette zusammen, ging hinaus und ließ mehr als die Hälfte von dem Wein in der letzten Flasche, die er bestellt hatte. Wenn er seine Rechnungen in der *Luarca* bezahlt hätte, würde er die Flasche ausgetrunken haben.

Die beiden Priester erwiderten den Blick des Picadors nicht. Einer von ihnen sagte gerade: «Es ist zehn Tage her, seit ich hier bin und darauf warte, mit ihm zu sprechen, und den ganzen Tag über sitze ich im Vorzimmer, und er will mich nicht empfangen.»

«Was läßt sich da machen?»

«Nichts. Was kann man tun? Man kann nicht gegen die Obrigkeit an.»

«Jetzt bin ich zwei Wochen hier und – nichts. Ich warte, und man will mich nicht empfangen.»

«Wir sind aus dem verlorengegebenen Land. Wenn das Geld zu Ende ist, können wir nach Hause fahren.»

«In das verlorengegebene Land. Was kümmert sich Madrid um Galicia? Wir sind eine arme Provinz.»

«Man kann die Handlungsweise von unserem Bruder Basilio verstehen.»

«Trotzdem hab ich kein rechtes Vertrauen zu der Redlichkeit von Basilio Alvarez.»

«In Madrid lernt man vieles verstehen. Madrid tötet Spanien.»

«Wenn sie einen wenigstens empfangen und es einem abschlagen würden.»

«Nein, man soll vom Warten zermürbt und zerbrochen werden.»

«Nun, wir werden sehen. Ich kann ebensogut warten wie ein anderer.»

In diesem Augenblick erhob sich der Picador, ging zum Tisch der Priester hinüber und stand grauhaarig mit seinem Habichtsgesicht da und starrte sie an und lächelte.

«Ein Torero», sagte der eine Priester zum andern.

«Und ein guter», sagte der Picador und ging aus dem Speisezimmer in seiner grauen Jacke, schlanktaillig, krummbeinig, mit den engen Breeches über seinen hochhackigen Viehtreiberstiefeln, die auf dem Fußboden klapperten, wie er so ganz gelassen hinausstolzierte und vor sich hin lächelte. Er lebte in einer kleinen, engen Berufswelt von persönlicher Leistungsfähigkeit, nächtlichen Alkoholsiegen und Unverschämtheit. Nun steckte er sich eine Zigarre an, setzte sich im Gang draußen den Hut verwegen auf und ging ins Café.

Die Priester gingen eilig, gleich nach dem Picador, als sie plötzlich merkten, daß sie die letzten im Speisezimmer waren, und nun war niemand mehr im Zimmer außer Paco und dem ältlichen Kellner. Sie räumten die Tische ab und trugen die Flaschen in die Küche.

In der Küche war der Junge, der das Geschirr wusch. Er

war drei Jahre älter als Paco und war sehr zynisch und verbittert.

«Hier, nimm», sagte der ältere Kellner und goß ein Glas Valdepeñas ein und reichte es ihm.

«Warum nicht?» Der Junge nahm das Glas.

«*Tu, Paco?*» fragte der ältliche Kellner.

«Ja, danke», sagte Paco. Alle drei tranken.

«Ich gehe jetzt», sagte der ältliche Kellner.

«Gute Nacht», sagten sie zu ihm.

Er ging hinaus, und sie waren allein. Paco nahm eine Serviette, die einer der Priester benutzt hatte; er stellte sich gerade hin, mit den Absätzen fest am Boden, senkte die Serviette, folgte der Bewegung mit dem Kopf und schwenkte die Arme wie für eine langsam vorbeifegende *veronica.* Er wandte sich um, setzte den rechten Fuß ein wenig vor, machte den zweiten Ausfall, gewann dem Stier seiner Phantasie ein wenig Boden ab und machte einen dritten Ausfall, langsam, tadellos abgepaßt und anmutig, dann raffte er die Serviette zusammen und drehte sich in den Hüften in einer *media-veronica* vom Stier fort.

Der Geschirrwäscher, der Enrique hieß, beobachtete ihn kritisch und höhnisch.

«Wie ist der Stier?» sagte er.

«Sehr tapfer», sagte Paco. «Sieh mal.»

Er stand schlank und aufrecht da und machte noch vier tadellose Ausfälle, geschmeidig, elegant und graziös.

«Und der Stier?» fragte Enrique, der in seiner Schürze gegen den Ausguß lehnte und sein Weinglas hielt.

«Hat noch allerlei Reserven», sagte Paco.

«Du machst mich kotzen», sagte Enrique.

«Wieso?»

«Sieh mal.»

Enrique nahm die Schürze ab und forderte den Stier seiner Phantasie heraus, meißelte vier vollkommene, zigeunerhaft schmachtende *veronicas* und endete mit einer *revolera*, bei der die Schürze in einem steifen Bogen an der Nase des Stiers vorbeischwang, als er sich von ihm löste.

«Sieh dir das an», sagte er. «Und ich spül Geschirr.»

«Warum?»

«Angst», sagte Enrique. «*Miedo*. Dieselbe Angst, die du in einer Arena vor dem Stier haben würdest.»

«Nein», sagte Paco. «Ich würde keine Angst haben.»

«Leche!» sagte Enrique. «Jeder hat Angst. Aber ein Torero kann seine Angst beherrschen, so daß er den Stier bearbeiten kann. Ich hab mal bei einem Amateurkampf mitgemacht, und ich hatte solche Angst, daß ich nichts wie gerannt bin. Alle fanden das sehr komisch. Solche Angst würdest du auch haben. Wenn's nicht wegen der Angst wäre, würde jeder Schuhputzer in Spanien Stierkämpfer sein. Du, ein Junge vom Land, würdest dich noch mehr fürchten als ich.»

«Nein», sagte Paco.

Er hatte es zu oft in seiner Phantasie gemacht. Zu oft hatte er die Hörner gesehen, das feuchte Maul des Stiers gesehen, das Ohr zucken und dann den Kopf sich senken und den Angriff, die Hufe stampfen, und der hitzige Stier raste an ihm vorbei, während er die *capa* schwang, während er wieder die *capa* schwang, dann wieder und wieder, um zum Schluß mit seiner großen *media-veronica* den Stier um sich herumzuschrauben und schwingend davonzugehen, hängengebliebene Stierhaare in der Goldstickerei seiner Jacke von den nahen Ausfällen, und der Stier würde hypnotisiert dastehen und die Menge Beifall jubeln. Nein, er würde keine Angst haben. Andere ja. Er nicht. Er wußte, er würde keine Angst haben. Selbst wenn er's je mit der Angst bekam, er wußte, daß er es auf jeden Fall schaffen konnte. Er traute sich's zu. «Ich würde keine Angst haben», sagte er.

«Leche», sagte Enrique wieder. Dann sagte er: «Und wenn wir's versuchen?»

«Wie?»

«Sieh mal», sagte Enrique. «Du denkst an den Stier, aber du denkst nicht an die Hörner. Der Stier hat solche Kraft, daß die Hörner wie ein Messer schlitzen; sie stechen wie ein Bajonett, und sie töten wie eine Keule. Sieh mal!» Er zog eine Schublade auf und nahm zwei Tranchiermesser heraus. «Ich werde die an die Beine von einem Stuhl binden. Dann werde ich für dich den Stier spielen, indem ich mir den Stuhl vor den Kopf halte. Die Messer sind die Hörner. Wenn du dann solche Ausfälle machst, dann bedeuten sie was.»

«Borg mir deine Schürze», sagte Paco. «Wir wollen es im Speisezimmer machen.»

«Nein», sagte Enrique plötzlich gar nicht bitter. «Tu's nicht, Paco!»

«Doch», sagte Paco. «Ich habe keine Angst.»

«Du wirst sie schon noch kriegen, wenn du die Messer kommen siehst.»

«Wir werden ja sehen», meinte Paco. «Gib mir die Schürze.»

Zur selben Zeit, als Enrique die zwei großschneidigen, rasierklingenscharfen Tranchiermesser mit zwei schmuddeligen Servietten zur Hälfte stramm umwickelte und an den Stuhlbeinen festband und einen Knoten machte, waren die beiden Zimmermädchen, Pacos Schwestern, auf dem Weg ins Kino, um Greta Garbo in *Anna Christie* zu sehen. Einer der beiden Priester saß in seinem Unterzeug da und las sein Brevier, und der andere hatte sein Nachthemd an und betete den Rosenkranz. Alle Stierkämpfer waren bis auf den einen, der krank war, wie allabendlich im Café *Fornos* erschienen, wo der große, dunkelhaarige Picador Billard spielte und der kleine, seriöse Matador mit dem älteren Banderillo und anderen seriösen Handwerkern an einem vollbesetzten Tisch vor seinem Milchkaffee saß.

Der dem Trunk ergebene, grauköpfige Picador saß vor einem Glas Casalas-Brandy und starrte mit Vergnügen zu einem Tisch hinüber, an dem der Matador, dem der Mut vergangen war, mit zwei sehr abgetakelt aussehenden Prostituierten und mit einem anderen Matador saß, der dem Degen entsagt hatte, um wieder Banderillo zu werden.

Der Auktionator stand an der Straßenecke und unterhielt sich mit Freunden. Der große Kellner war bei der Versammlung der Anarcho-Syndikalisten und wartete auf eine Gelegenheit, zu sprechen. Der ältliche Kellner saß auf der Terrasse des Café *Alvarez* und trank ein kleines Bier. Die Frau, der die *Luarca* gehörte, schlief bereits in ihrem Bett auf dem Rücken mit einem Polster zwischen den Beinen; dick, fett, ehrbar, sauber, gemütlich und sehr fromm, und niemals hatte sie aufgehört, täglich ihren nun schon zwanzig Jahre toten Mann zu vermissen und für ihn zu beten. In seinem Zimmer lag der Matador, der krank war, allein auf dem Bett mit dem Gesicht nach unten, ein Taschentuch vor dem Mund.

Jetzt zog Enrique in dem verlassenen Speisezimmer den

letzten Knoten in den Servietten fest, die die Messer an die Stuhlbeine banden, und hob den Stuhl hoch. Er richtete die Beine mit den Messern vorwärts und hielt den Stuhl über seinen Kopf mit den beiden Messern direkt geradeaus weisend, eines zu jeder Seite des Kopfes.

«Es ist schwer», sagte er. «Sieh mal, Paco. Es ist sehr gefährlich. Tu's nicht.» Er schwitzte.

Paco stand ihm gegenüber, hielt die Schürze ausgebreitet, hielt in jeder Hand eine Falte gerafft, Daumen nach oben, Zeigefinger nach unten, hielt sie ausgebreitet, um den Blick des Stiers auf sich zu ziehen.

«Greif geradezu an», sagte er. «Mach kehrt wie ein Stier. Greif so oft an, wie du willst.»

«Woran willst du merken, wenn der Ausfall geschnitten werden muß?» fragte Enrique. «Es ist besser, du machst drei und dann eine *media.*»

«Schön», sagte Paco. «Aber komm geradezu. Hu, Torito! Los, komm, kleiner Stier!»

Mit gesenktem Kopf rannte Enrique auf ihn los, und Paco schwenkte die Schürze genau vor der Messerklinge, als sie dicht an seinem Bauch vorbeikam, und wie sie so vorbeikam, war sie für ihn das wirkliche Horn, weiß-spitzig, schwarz, glatt, und als Enrique an ihm vorbeikam und kehrtmachte, um von neuem auf ihn loszurasen, war es die heiße, blutflankige Masse des Stiers, der vorbeistampfte, dann wie eine Katze kehrtmachte und von neuem kam, als er die *capa* langsam schwang. Dann drehte der Stier und kam von neuem, und während er die anrasende Spitze beobachtete, setzte er seinen linken Fuß fünf Zentimeter zu weit vor, und das Messer ging nicht vorbei, sondern war so leicht wie in einen Weinschlauch eingedrungen, und es flutete siedend heiß über und um die plötzliche innere Starre von Stahl, und Enrique schrie: «Ay! Ay! Laß es mich rausziehen! Laß es mich rausziehen!» Und Paco glitt vorwärts über den Stuhl, hielt die Schürzen-*capa* noch fest, während Enrique am Stuhl zerrte und sich das Messer in ihm umdrehte, in ihm, in Paco.

Das Messer war jetzt raus, und er saß am Boden, in der immer größer werdenden, warmen Lache.

«Halt die Serviette drauf! Halt sie fest!» sagte Enrique. «Halt sie fest drauf. Ich lauf und hol den Doktor. Du mußt die Blutung anhalten.»

«Man müßte einen Gummibecher haben», sagte Paco. Er hatte gesehen, wie man einen in der Arena benutzt hatte.

«Ich bin ganz gerade auf dich zugekommen», sagte Enrique weinend. «Ich wollte dir ja nur die Gefahr zeigen.»

«Mach dir keine Gedanken», sagte Paco; seine Stimme klang wie von weit her. «Aber hol den Doktor.»

In der Arena hoben sie einen auf und trugen einen weg und rannten mit einem zum Operationszimmer. Wenn die Schenkelarterie ausblutete, bevor man dort ankam, wurde der Priester gerufen.

«Sage einem der Priester Bescheid», sagte Paco und hielt die Serviette fest gegen den Unterleib. Er konnte nicht fassen, daß ihm dies passiert war.

Und Enrique rannte die Carrera San Jerónimo hinunter zur Unfallstation, die die ganze Nacht über offen war, und Paco war allein, saß zuerst aufrecht, dann sackte er vornüber, dann sank er auf dem Boden zusammen, bis es vorbei war, und er fühlte, wie das Leben aus ihm entwich, wie schmutziges Wasser aus einer Badewanne ausläuft, wenn der Stöpsel herausgezogen ist. Er hatte Angst, und er fühlte sich schwach, und er versuchte ein Reuegebet herzusagen, und er erinnerte sich, wie es anfing, aber ehe er, so schnell er konnte, gesagt hatte. «O mein Gott, herzlich leid tut es mir, daß ich Dich gekränkt habe, Dich, der Du all meiner Liebe wert bist, und ich bin fest entschlossen . . .» fühlte er sich zu schwach, und er lag mit dem Gesicht auf dem Boden, und es war ganz rasch vorbei. Eine durchschnittene Schenkelarterie blutet schneller aus, als man sich vorstellen kann.

Als der Arzt von der Unfallstation, begleitet von einem Polizisten, der Enrique am Arm festhielt, die Treppe heraufkam, waren Pacos Schwestern noch im Kinopalast in der Gran Vía und waren tief enttäuscht von dem Garbo-Film, der den großen Star in jammervoll armseliger Umgebung zeigte, während sie doch gewohnt waren, sie von großem Luxus und Glanz umgeben zu sehen. Dem Publikum mißfiel der Film gründlich, und man protestierte mit Pfeifen und Trampeln dagegen. Alle anderen Leute aus dem Hotel taten fast noch dasselbe, was sie getan hatten, als sich der Unglücksfall zutrug, bis auf die beiden Priester, die ihre Andacht verrichtet hatten und sich zum Schlafen anschickten, und den grauhaarigen Picador, der sein Glas an den Tisch der beiden abgetakelten Prostituierten hinübergenommen hatte. Ein bißchen später verließ er mit einer von ihnen das Café; es war die, für die der Matador, der die Courage verloren hatte, die Getränke bezahlt hatte.

Paco, der Junge, hatte nie etwas von alldem gewußt, auch nichts von dem, was all diese Leute am nächsten und an allen kommenden Tagen tun würden. Er hatte keine Vorstellung, weder wie sie wirklich lebten, noch wie sie enden würden. Es war ihm noch nicht einmal bewußt geworden, daß sie enden würden. Er starb, wie die spanische Redewendung lautet, voller Illusionen. Er hatte in seinem Leben keine Zeit gehabt, um auch nur eine von ihnen zu verlieren, noch um am Schluß ein Reuebekenntnis zu beenden.

Er hatte nicht einmal Zeit gehabt, um über den Garbo-Film enttäuscht zu sein, der eine Woche lang ganz Madrid enttäuschte.

Schnee auf dem Kilimandscharo

Der Kilimandscharo ist ein schneebedeckter Berg von sechstausend Meter Höhe und gilt als der höchste Berg Afrikas. Der westliche Gipfel heißt bei den Massai ‹Ngàja Ngài›, das Haus Gottes. Dicht unter dem westlichen Gipfel liegt das ausgedörrte und gefrorene Gerippe eines Leoparden. Niemand weiß, was der Leopard in jener Höhe suchte.

«Das Fabelhafte daran ist, daß man keine Schmerzen hat», sagte er, «daran merkt man, daß es anfängt.»

«Ist das wahr?»

«Ganz bestimmt. Es tut mir schrecklich leid, daß es so riecht. Das stört dich sicher.»

«Nicht! Bitte nicht.»

«Sieh sie dir an», sagte er, «was führt sie eigentlich her; wittern sie es, oder können sie es sehen?»

Das Lager, auf dem der Mann ruhte, stand in dem breiten Schatten eines Mimosenbaumes, und als er über den Schatten weg hinaus in den Glast der Ebene blickte, hockten dort unflätig drei jener großen Vögel, während noch ein Dutzend am Himmel segelten und im Vorbeifliegen schnell sich bewegende Schatten warfen.

«Die sind da, seit dem Tag, an dem das Lastauto zusammenbrach», sagte er. «Heute zum erstenmal haben sich ein paar am Boden niedergelassen. Ich hab zuerst genau beobachtet, wie sie fliegen, für den Fall, daß ich sie mal in einer

Geschichte verwenden würde. Das kommt mir jetzt komisch vor.»

«Bitte, hör damit auf», sagte sie.

«Ich rede doch nur», sagte er. «Es ist nicht so schlimm, wenn ich rede. Aber ich will dich natürlich nicht belästigen.»

«Du belästigst mich nicht», sagte sie, «du weißt das. Ich bin nur so schrecklich nervös geworden, weil ich gar nichts tun kann. Ich finde, wir sollten es uns so leicht wie möglich machen, bis das Flugzeug kommt.»

«Oder bis das Flugzeug nicht kommt.»

«Bitte sag mir doch, was ich tun kann. Es muß doch irgend etwas geben, was ich tun kann.»

«Du kannst das Bein amputieren; das würde es vielleicht aufhalten, obschon ich es bezweifle. Oder du kannst mich erschießen. Du schießt ja jetzt gut. Ich hab dir's Schießen beigebracht, nicht wahr?»

«Bitte red doch nicht so. Kann ich dir nicht etwas vorlesen?»

«Was denn?»

«Etwas aus dem Büchersack, das wir noch nicht gelesen haben.»

«Ich kann nicht zuhören», sagte er. «Sprechen ist noch am leichtesten. Wir zanken uns, und damit vergeht die Zeit.»

«Ich zanke mich doch nicht. Ich will mich nie zanken. Komm, wir wollen uns nicht mehr zanken. Einerlei, wie gereizt wir sind. Vielleicht werden sie heute mit einem neuen Lastauto zurückkommen. Vielleicht kommt das Flugzeug.»

«Ich will mich nicht von hier fortrühren», sagte der

Mann. «Es hat keinen Zweck, sich von hier fortzurühren, außer wenn es dir die Sache leichter macht.»

«Das ist feige.»

«Kannst du einen Menschen wirklich nicht, so gut es geht, sterben lassen, ohne ihn zu beschimpfen? Wozu auf mir herumhacken?»

«Du wirst nicht sterben.»

«Sei nicht töricht. Ich lieg doch im Sterben. Frag die Dreckskerle da.» Er sah dort hinüber, wo die riesenhaften, widerlichen Vögel saßen, die nackten Köpfe in ihr gesträubtes Gefieder versenkt. Ein vierter glitt nieder; zuerst lief er schnellfüßig, und dann watschelte er langsam auf die anderen zu.

«Die sind um jedes Camp herum. Man beachtet sie sonst nur nicht. Du kannst nicht sterben, wenn du dich nicht selbst aufgibst.»

«Wo hast du denn das gelesen? Du bist wirklich solch ein Idiot.»

«Du könntest auch mal an andere denken.»

«Herrgott noch mal», sagte er, «das war doch mein Beruf.»

Dann lag er da und war eine Weile still und blickte durch das Hitzeflimmern der Ebene dorthin, wo der Busch begann. Ein paar Antilopen hoben sich winzig und weiß gegen das Gelb ab, und weit weg sah er eine Herde Zebras, weiß gegen das Grün des Busches. Dies war ein angenehmes Lager unter großen Bäumen, an einem Hügel gelegen, mit gutem Wasser, und dicht dabei war eine fast ausgetrocknete Wasserstelle, wo des Morgens Wildhühner aufstiegen.

«Soll ich dir nicht etwas vorlesen?» fragte sie. Sie saß auf einem Klappstuhl neben seinem Lager. «Es kommt ein Wind auf.»

«Nein, danke.»

«Vielleicht kommt das Lastauto.»

«Ich pfeife auf das Lastauto.»

«Ich aber nicht.»

«Ich pfeife auf viele Sachen, die dir wichtig sind.»

«Nicht so viele, Harry.»

«Wollen wir etwas trinken?»

«Es heißt doch, daß es schlecht für dich ist. Im *Black* steht, man soll allen Alkohol vermeiden. Du solltest nicht trinken.»

«Molo!» rief er.

«Jawohl, Bwana.»

«Bring Whisky und Soda!»

«Jawohl, Bwana.»

«Du solltest nicht», sagte sie. «Gerade das meine ich doch mit ‹sich selbst aufgeben›. Es steht da, daß es schlecht für dich ist. Ich weiß, daß es schlecht für dich ist.»

«Nein», sagte er, «es ist gut für mich.»

Also jetzt war alles vorbei, dachte er. Also jetzt würde er keine Gelegenheit mehr haben, es zu beenden. Also so hörte es auf, mit einem Gezänk über Whisky. Seit der Brand in seinem rechten Bein begonnen hatte, war er ohne Schmerzen, und mit den Schmerzen war das Grauen vergangen, und jetzt fühlte er nichts weiter als eine große Müdigkeit und Zorn, daß dies das Ende war. Auf das, was nun kam, war er sehr wenig neugierig. Jahrelang war er davon besessen gewesen, aber jetzt bedeutete es ihm an sich nichts. Es war seltsam, wie leicht es dies Müde-genug-Sein machte.

Jetzt würde er niemals die Sachen schreiben, die er sich zum Schreiben aufgespart hatte, bis er wirklich genügend wußte, um sie gut zu schreiben. Dafür würde er aber auch nicht bei dem Versuch, sie zu schreiben, versagen. Vielleicht konnte man sie überhaupt nicht schreiben und schob es deshalb auf und vertagte das Anfangen. Ja, das würde er nun auch niemals wissen.

«Ich wünschte, wir wären nie hierhergekommen», sagte die Frau. Sie sah ihn an, während sie ihr Glas in der Hand hielt und sich auf die Lippen biß. «In Paris hättest du so etwas nie bekommen. Du hast immer gesagt, wie gern du in Paris bist. Wir hätten in Paris bleiben sollen oder sonstwohin gehen können. Ich wäre überall hingegangen. Ich hab dir gesagt, daß ich überall hingehen würde, wohin du wolltest. Wenn du auf Jagd gehen wolltest, hätten wir ja auch in Ungarn auf Jagd gehen und es bequem haben können.»

«Dein verfluchtes Geld!» sagte er.

«Das ist nicht fair», sagte sie. «Es hat dir genauso gehört wie mir. Ich habe alles verlassen und bin mit dir überall hingefahren, wohin du wolltest, und ich habe immer das getan, was du tun wolltest. Aber ich wünschte, wir wären niemals hierhergekommen.»

«Du hast gesagt, daß es dir hier gefällt.»

«Tat es auch, als du gesund warst. Aber jetzt hasse ich es. Ich sehe nicht ein, warum das mit deinem Bein passieren mußte. Was haben wir denn getan, daß uns das passieren mußte?»

«Getan? Ich vermute, ich vergaß, sofort Jod darauf zu tun, als ich mich verletzte. Dann kümmerte ich mich nicht darum, weil ich mich nie infiziere. Dann später, als es schlimmer wurde, hätte ich vielleicht nicht, als die anderen antiseptischen Mittel zu Ende gingen, die schwache Karbollösung benutzen sollen; die hat die winzigen Blutgefäße lahmgelegt und den Brand verursacht.» Er blickte sie an. «Was sonst noch?»

«Das meine ich nicht.»

«Wenn wir einen guten Autoschlosser engagiert hätten, an Stelle von einem ungelernten Kikuyu-Fahrer, der würde den Ölstand nachkontrolliert haben, und dann wäre das Lager im Lastwagen nicht heißgelaufen.»

«Das meine ich nicht.»

«Wenn du deine Leute zu Hause nicht verlassen hättest, deine verdammten Old-Westbury-, Saratoga-, Palm Beach-Leute, um mit mir loszuziehen . . .»

«Aber ich liebte dich doch. Das ist nicht fair. Und ich liebe dich jetzt, und ich werde dich immer liebhaben. Hast du mich denn nicht lieb?»

«Nein», sagte der Mann. «Ich glaube nicht. Ich hab dich nie liebgehabt.»

«Harry, was sagst du da? Du hast den Verstand verloren.»

«Nein, ich habe keinen zu verlieren.»

«Trink das nicht», sagte sie. «Liebling, bitte trink das nicht. Wir müssen alles tun, was wir tun können.»

«Tu du's», sagte er. «Ich bin müde.»

Jetzt im Geist sah er den Bahnhof von Karagatsch, und er stand da mit seinem Pack, und das war der Scheinwerfer des Simplon-Orient-Express, der jetzt das Dunkel zerschnitt, und er war im Begriff, Thrazien nach dem Rückzug zu verlassen. Das war eine der Sachen, die er sich zum

Schreiben aufgespart hatte, dies und wie er am Morgen beim Frühstück aus dem Fenster sah und den ersten Schnee auf den Bergen in Bulgarien erblickte, und wie Nansens Sekretärin den alten Mann fragte, ob dies Schnee wäre, und wie der alte Mann hinblickte und sagte: «Nein, das ist kein Schnee. Es ist zu früh für Schnee.» Und die Sekretärin wiederholte vor den anderen Mädchen: «Nein, seht doch hin, das ist kein Schnee», und wie sie alle sagten: «Es ist kein Schnee. Wir haben uns geirrt.» Aber es war schon Schnee, und als er mit dem Austausch von Bevölkerungsgruppen begann, schickte er sie hinaus, in den Schnee hinein. Und es war Schnee, durch den sie stapften, bis sie in jenem Winter umkamen.

Es war auch Schnee, der die ganze Weihnachtswoche hindurch in jenem Jahr oben im Gauertal fiel, in jenem Jahr, in dem sie in der Holzfällerhütte wohnten mit dem großen, viereckigen Kachelofen, der die Hälfte des Zimmers einnahm, und wo sie auf Matratzen schliefen, die mit Buchenblättern gefüllt waren, damals, als der Deserteur mit blutigen Füßen durch den Schnee kam. Er sagte, die Polizei wäre dicht hinter ihm her, und sie gaben ihm wollene Socken und hielten die Gendarmen im Gespräch auf, bis die Spuren verweht waren.

Am Weihnachtstag in Schruns war der Schnee so weiß, daß es den Augen weh tat, wenn man aus der Weinstube hinausblickte und die Leute aus der Kirche nach Hause kommen sah. Es war dort, wo sie die von Schlitten geglättete, von Urin gegelbte Straße hinaufgegangen waren, am Fluß entlang mit den steil abfallenden Tannenhängen, die Skier schwer auf der Schulter, und wo sie auf dem Gletscher oberhalb des Madlenerhauses die große Abfahrt machten, wo der Schnee so glatt aussah wie Zuckerguß und so trokken war wie Pulver, und er erinnerte sich an das lautlose Sausen, das die Geschwindigkeit machte, wenn man wie ein Vogel hinunterschoß.

Sie waren eine Woche lang im Madlenerhaus eingeschneit damals im Schneesturm, und sie spielten im Rauch beim Laternenlicht Karten, und die Einsätze wurden höher und höher, je mehr Herr Lent verlor. Schließlich verlor er das Ganze. Alles, das Geld der Skischule und den Verdienst der ganzen Saison und dann sein Vermögen. Er sah ihn noch vor sich mit seiner langen Nase, wie er die Karten aufnahm, und dann eröffnete Sans voir. Damals wurde dauernd gespielt. Wenn es keinen Schnee gab, wurde gespielt, und wenn es zuviel gab, wurde gespielt. Er dachte an all die Zeit in seinem Leben, die er mit Spielen verbracht hatte.

Aber er hatte niemals eine Zeile hierüber geschrieben, auch nicht über den kalten, klaren Weihnachtstag, als die Berge jenseits der Ebene sichtbar waren, an dem Barker die Linien überflogen hatte, um den Urlauberzug mit den österreichischen Offizieren mit Bomben zu belegen und sie mit einem Maschinengewehr zu beschießen, als sie auseinanderrannten und davonliefen. Er erinnerte sich an Barker, wie er nachher in die Messe kam und davon zu erzählen begann, und wie es still wurde, und wie dann jemand sagte: «Du verdammter Bluthund.»

Es waren die gleichen Österreicher, die sie damals getötet hatten, mit denen er später Ski fuhr. Nein, nicht die gleichen. Hans, mit dem er das ganze Jahr lang Ski gelaufen war, hatte bei den Kaiserjägern gestanden, und wenn sie zusammen auf die Hasenjagd gingen, das kleine Tal hinauf, oberhalb der Sägemühle, so hatten sie über die Gefechte auf dem Pasubio und über den Angriff auf Pertica und Asalone gesprochen, und er hatte niemals ein Wort davon geschrieben, auch nicht vom Monte Corno und nicht von Sette Comuni und nicht von Arsiero.

Wie viele Winter hatte er in Vorarlberg und am Arlberg zugebracht? Es waren vier, und dann erinnerte er sich an den Mann, der den Fuchs abzugeben hatte, als sie damals nach Bludenz gegangen waren, um Geschenke zu kaufen, und an den Kirschkerngeschmack von gutem Kirsch und das schnell gleitende Sausen des stäubenden Pulverschnees auf dem Harsch, und wie man «Juchhe» schrie, wenn man die letzte Strecke bis zum Steilhang hinunterlief, den man Schuß fuhr, und wie man mit drei Schwüngen durch den Ostgarten lief und dann über den Graben hinaus und auf die vereiste Straße hinter dem Gasthaus. Dann machte man die Bindungen los, stieß die Skier ab und lehnte sie gegen die hölzerne Wand des Gasthauses, während das Lampenlicht aus dem Fenster drang und sie drinnen in der rauchigen, nach jungem Wein riechenden Wärme Ziehharmonika spielten.

«Wo haben wir in Paris gewohnt?» fragte er die Frau, die neben ihm auf einem Klappstuhl, jetzt, in Afrika, saß.

«Im *Crillon*. Das weißt du doch.»

«Warum weiß ich das?»

«Da haben wir doch immer gewohnt.»

«Nein, nicht immer.»

«Dort und im *Pavillon Henri Quatre* in Saint-Germain. Du hast gesagt, wie gern du dort bist, daß du's liebst.»

«Liebe ist ein Misthaufen», sagte Harry, «und ich bin

der Hahn, der draufsteigt und kräht.»

«Wenn du wirklich fort mußt», sagte sie, «ist es absolut nötig, alles, was du zurückläßt, kaputtzumachen? Mußt du wirklich alles fortnehmen? Ich meine, mußt du dein Pferd und deine Frau töten und deinen Sattel und deinen Harnisch verbrennen?»

«Ja», sagte er. «Dein verdammtes Geld war mein Harnisch. Mein Wolf & Harnisch.»

«Nicht.»

«Schön», sagte er, «ich werde damit aufhören. Ich will dir nicht weh tun.»

«Es ist jetzt ein kleines bißchen spät dafür.»

«Also schön. Dann werde ich dir weiter weh tun. Es ist auch amüsanter. Das einzige, was mir wirklich je mit dir Vergnügen gemacht hat, kann ich ja jetzt nicht tun.»

«Das ist nicht wahr. Du hast an vielen Sachen Vergnügen gehabt, und ich hab alles getan, was du wolltest.»

«Gott nein! Hör schon auf mit dem Getue, ja?»

Er blickte sie an und sah, daß sie weinte.

«Hör mal», sagte er. «Denkst du, daß ich das zum Spaß tue? Ich weiß nicht, warum ich's tue. Wahrscheinlich versucht man zu töten, um sich selbst am Leben zu halten. Ich war ganz vernünftig, als wir zu reden anfingen. Ich wollte dies bestimmt nicht, und jetzt bin ich so verrückt wie ein toller Hund und so niederträchtig zu dir, wie nur möglich. Hör nicht auf das, was ich sage, Liebling. Ich hab dich lieb, wirklich. Du weißt, daß ich dich liebhabe. Ich habe niemals irgend jemand so geliebt wie dich.»

Er schlitterte in die gewohnte Lüge, von der er lebte.

«Du bist geliebt zu mir.»

«Hu-re du», sagte er, «reiche Hu-re, du. Das ist Poesie.

Ich bin jetzt voller Poesie. Fäule und Poesie. Faule Poesie.»

«Hör auf, Harry. Warum mußt du jetzt wieder so teuflisch sein?»

«Ich will nichts zurücklassen», sagte der Mann. «Ich will nichts übriglassen.»

Jetzt war es Abend, und er hatte geschlafen. Die Sonne war hinter dem Hügel verschwunden, und ein Schatten lag über der Ebene, und die kleinen Tiere ästen nahe beim Camp, schnell hinabtauchende Köpfe und hin- und herschwingende Schwänze; er beobachtete, wie sie sich jetzt ein gutes Stück vom Busch entfernt hielten. Die Vögel lauerten nicht mehr am Boden. Sie hockten alle plump in einem Baum. Es waren jetzt viel mehr. Sein Boy saß neben seinem Lager.

«Memsahib ist weg, jagen», sagte der Boy. «Will Bwana was?»

«Nein.»

Sie war unterwegs, um etwas Fleisch zu schießen, und da sie wußte, wie gern er das Wild beobachtete, hatte sie sich weit entfernt, um den Frieden des kleinen Abschnitts der Ebene, den er übersehen konnte, nicht zu stören. Sie tat nie etwas gedankenlos, dachte er. Nie, soweit sie etwas davon wußte oder gelesen oder jemals gehört hatte.

Es war nicht ihre Schuld, daß es mit ihm bereits vorbei war, als er zu ihr kam. Woher sollte eine Frau wissen, daß man nichts von dem meinte, was man sagte, daß man nur aus Gewohnheit sprach und um es bequem zu haben? Als er nicht mehr meinte, was er sagte, hatte er mit seinen Lügen bei Frauen mehr Erfolg als früher, wenn er ihnen die Wahrheit gesagt hatte.

Es war gar nicht einmal so sehr, daß er log, als daß einfach keine Wahrheit da war, die man sagen konnte. Er hatte sein Leben hinter sich, und es war vorbei, und dann fuhr er fort, es mit anderen Menschen und mehr Geld noch einmal zu leben, an den schönsten Plätzen von früher und einigen neuen.

Wenn man nicht dachte, dann war alles fabelhaft. Man war innerlich abgebrüht, so daß man nicht auf die Art und Weise in die Brüche ging wie die meisten, und man tat so, als ob man sich nichts aus der Arbeit machte, die man früher getan hatte, jetzt, wo man sie nicht mehr zuwege brachte. Aber zu sich selbst sagte man, daß man über diese Leute schreiben würde, über diese Schwerreichen, daß man nicht wirklich zu ihnen gehörte, daß man als Spion in ihrem Land war, daß man weggehen und dann darüber schreiben würde und daß es dann endlich von jemand beschrieben würde, der wußte, worüber er schrieb. Aber er würde es niemals tun, denn jeder Tag des Nichtschreibens, des Luxus, jeder Tag dieser Existenz, die er verachtete, stumpfte seine Fähigkeit ab und schwächte seinen Arbeitswillen, so daß er schließlich überhaupt nicht mehr arbeitete. Die Leute, die er jetzt kannte, fühlten sich alle viel wohler, wenn er nicht arbeitete. In Afrika war es, wo er in der guten Zeit seines Lebens am glücklichsten gewesen war, deshalb war er hierhergekommen, um noch einmal anzufangen. Sie hatten diese Safari mit einem Mindestmaß an Komfort gemacht. Es gab keine Entbehrungen, aber auch keinen Luxus, und er hatte gedacht, daß er dadurch wieder ins Training kommen, daß er sich irgendwie das Fett von der Seele herunterarbeiten könnte, so wie ein Boxer in die Berge geht, um zu arbeiten und zu trainieren, um es aus seinem Körper herauszuschwitzen.

Ihr hatte es gefallen. Es gefiel ihr ausgezeichnet, sagte sie. Sie liebte alles, was aufregend war und einen Szenenwechsel mit sich brachte, wo es neue Menschen gab und alles angenehm war, und er hatte die Illusion gehabt, daß sein Arbeitswille in alter Stärke wiederkehrte. Wenn dies nun aber das Ende war, und er wußte, es war das Ende, dann durfte er sich jetzt nicht winden und sich selbst den tödlichen Biß beibringen wie eine Schlange, deren Rückgrat gebrochen ist. Es war nicht die Schuld dieser Frau. Wenn sie es nicht gewesen wäre, wäre es eine andere gewesen. Wenn er von einer Lüge lebte, mußte er versuchen, auch im Tod dazu zu stehen. Er hörte einen Schuß jenseits des Hügels.

Sie schoß ausgezeichnet, diese gute, diese reiche Hure, diese freundliche Hüterin und Zerstörerin seiner Begabung. Unsinn! Er hatte seine Begabung selbst zerstört. Warum sollte er dieser Frau, weil sie ihn so angenehm aushielt, die Schuld zuschieben? Er hatte seine Begabung damit zerstört, daß er sie nicht benutzt, daß er sich selbst und das, woran er glaubte, verraten hatte, daß er soviel trank, bis die Schärfe seiner Wahrnehmungen litt, durch Faulheit, durch Trägheit, durch Snobismus, durch Hochmut und durch Vorurteil – auf Teufel komm raus! Was war das? Ein Verzeichnis alter Bücher? Was war seine Begabung denn schon groß? Eine Begabung war es sicher, aber anstatt sie zu benutzen, hatte er sie verschachert. Es war nie das, was er getan hatte, sondern das, was er tun könnte, und er hatte sich sein Brot lieber auf andere Weise als mit der Feder verdient. Es war auch seltsam, daß, wenn er sich in eine neue Frau verliebte, diese immer mehr Geld hatte als die letzte. Aber wenn er nicht mehr verliebt war, wenn er nur noch log wie bei dieser Frau jetzt, die mehr Geld hatte als alle übrigen, die alles Geld der Welt hatte, die Mann und Kinder gehabt hatte, die sich Liebhaber genommen hatte, die ihr nicht genügten, und die ihn, als Schriftsteller, als Mann, als Kameraden und als kostbaren Besitz von Herzen liebte, war es nicht merkwürdig, daß er, als er sie gar nicht liebte und log, ihr mehr für ihr Geld geben konnte, als wenn er wirklich geliebt hatte?

Wir sind wohl alle für das, was wir tun, geschaffen, dachte er. Wie wir unser Brot verdienen, darin liegt unsere Begabung. Er hatte in einer oder der anderen Form Vitalität verkauft sein ganzes Leben lang, und wenn die Gefühle nicht zu sehr mitspielen, kann man mehr fürs Geld geben. Das war ihm klargeworden, aber auch darüber würde er jetzt niemals schreiben. Nein, er würde nicht hierüber schreiben, obwohl es sich schon lohnte, darüber zu schreiben.

Jetzt kam sie in Sicht; sie ging quer über die Lichtung dem Lager zu. Sie hatte Jodhpurs an und trug ihre Büchse. Die beiden Boys kamen hinter ihr her und trugen eine Antilope am Riemen zwischen sich. Sie war immer noch eine gutaussehende Frau, dachte er, und sie hatte einen anziehenden Körper. Sie hatte eine ausgesprochene Bettbegabung, und es machte ihr Spaß; sie war nicht hübsch, aber er mochte ihr Gesicht. Sie las unendlich viel, ritt und jagte gern und trank bestimmt zuviel. Ihr Mann war gestorben, als sie noch eine verhältnismäßig junge Frau war, und eine Zeitlang hatte sie sich ihren zwei eben erwachsenen Kindern, die sie nicht brauchten und die durch ihre Anwesenheit nur in Verlegenheit gerieten, und ihrem Stall voller Pferde, ihren Büchern und Schnapsflaschen gewidmet. Sie las gern abends vor dem Essen, und sie trank Whisky und Soda, während sie las. Zur Essenszeit war sie leicht betrunken, und nach einer Flasche Wein zum Abendbrot war sie gewöhnlich betrunken genug, um schlafen zu können.

Das war vor den Liebhabern. Als sie Liebhaber hatte, trank sie nicht soviel, weil sie nicht betrunken zu sein brauchte, um zu schlafen. Aber die Liebhaber langweilten sie. Sie war mit einem Mann verheiratet gewesen, der sie niemals gelangweilt hatte, und diese Leute langweilten sie sehr.

Und dann kam eines ihrer Kinder bei einem Flugzeugunglück ums Leben, und nachdem das vorbei war, hatte sie keine Lust mehr auf Liebhaber, und da Trinken kein Betäubungsmittel war, mußte sie sich ein neues Leben aufbauen. Plötzlich hatte sie eine panische Angst vor dem Alleinsein bekommen. Aber sie wollte einen Menschen um sich haben, vor dem sie Achtung haben konnte.

Es hatte sehr einfach angefangen. Ihr gefiel, was er schrieb, und sie hatte ihn immer um das Leben, das er führte, beneidet. Sie glaubte, daß er genau das tat, was er wollte. Die Mittel, durch die sie ihn sich gewonnen, und die Art, wie sie sich schließlich in ihn verliebt hatte, gehörten alle einfach zu dem planmäßigen Vorgang, sich ein neues Leben aufzubauen, und er hatte alles, was von seinem alten Leben übrig war, verschachert.

Er hatte es verschachert für Sicherheit, auch für Luxus; das ließ sich nicht leugnen, und wofür noch? Er wußte es nicht. Sie hätte ihm alles, was er sich wünschte, gekauft. Das wußte er. Sie war außerdem eine verflucht nette Frau. Er würde mindestens so gern mit ihr wie mit irgendeiner anderen schlafen, sogar lieber noch mit ihr, weil sie reicher war, weil sie sehr nett war und ihn schätzte und weil sie niemals Szenen machte. Und jetzt fand dies Leben, das sie sich aufgebaut hatte, sein Ende, weil er kein Jod benutzt hatte, als er sich vor vierzehn Tagen das Knie an einem Dorn ritzte, als sie sich vorwärts bewegten, um zu versuchen, eine Herde von stehenden Wasserböcken zu fotografieren, die mit erhobenen Köpfen Umschau hielten, während ihre Nüstern die Luft durchschnupperten und ihre weit aufgeklappten Ohren auf das leiseste Geräusch horchten, das sie in den Busch zurückscheuchen würde. Und sie waren wirklich ausgerissen, noch bevor er eine Aufnahme gemacht hatte.

Da kam sie.

Er wandte den Kopf auf dem Lager, um ihr entgegenzusehen. «Hallo», sagte er.

«Ich habe einen Antilopenbock geschossen», erzählte sie ihm. «Das gibt eine gute Brühe für dich, und zum Klim laß ich sie Kartoffelbrei machen. Wie fühlst du dich?»

«Viel besser.»

«Ist das nicht großartig! Weißt du, eigentlich hab ich's mir fast gedacht. Du schliefst fest, als ich wegging.»

«Ich habe gut geschlafen. Bist du weit gegangen?»

«Nein. Gerade nur bis hinter den Hügel. Ich habe die Antilope mit einem guten Blattschuß gekriegt.»

«Wahrhaftig, du schießt ausgezeichnet.»

«Macht mir Riesenspaß. Ich finde Afrika wunderbar. Tatsächlich. Wenn's *dir* gutgeht, ist's überhaupt das Schönste, das ich je erlebt habe. Du weißt gar nicht, wie gern ich mit dir auf Jagd gegangen bin, und das Land liebe ich.»

«Ich auch.»

«Liebling, du weißt ja gar nicht, wie wunderbar ich's finde, daß es dir besser geht. Ich konnte es vorhin nicht aushalten, als du dich so fühltest. Du wirst nie wieder mit mir so reden, nicht wahr? Versprichst du mir das?»

«Nein», sagte er. «Ich weiß nicht mehr, was ich gesagt habe.»

«Du brauchst mich doch nicht kaputtzumachen, nicht wahr? Ich bin ja nur eine Frau in mittleren Jahren, die dich liebt und die tun möchte, was du tun möchtest. Man hat mich ja bereits zwei- oder dreimal kaputtgemacht. Du willst mich doch nicht noch einmal kaputtmachen, nicht wahr?»

«Ich möchte dich ein paarmal im Bett kaputtmachen», sagte er.

«Ja, das ist die richtige Art von Kaputtmachen. Unsere Natur will, daß wir einander so kaputtmachen. Das Flugzeug wird morgen bestimmt hier sein.»

«Woher weißt du das?»

«Ich bin sicher. Es muß kommen. Die Boys haben das Holz und das Gras für die Signalfeuer schon bereit. Ich war heute wieder unten und habe es mir angesehen. Es ist reichlich Platz zum Landen da, und wir haben alles an beiden Enden fertig.»

«Wieso glaubst du, daß es morgen kommt?»

«Ich bin ganz sicher. Es ist ja überfällig. Und in der Stadt wird man dir dann dein Bein zusammenflicken, und dann werden wir einander auf unsere gute Weise kaputtmachen und nicht auf diese entsetzliche Art mit Reden.»

«Wollen wir etwas trinken? Die Sonne ist untergegangen.»

«Meinst du, du solltest?»

«Ich trinke einen.»

«Also trinken wir einen zusammen. *Molo, letti dui whisky-soda!*» rief sie.

«Du solltest deine Moskitostiefel anziehen», sagte er zu ihr.

«Ich tu's nach dem Baden . . .»

Während es dunkelte, tranken sie, und gerade bevor es ganz dunkel war, nicht mehr hell genug, um zu schießen, wechselte eine Hyäne über die Lichtung auf ihrem Weg um den Hügel.

«Das Mistvieh streunt hier jeden Abend herum», sagte der Mann. «Jeden Abend seit vierzehn Tagen.»

«Die macht nachts immer den Lärm. Mich stört's nicht weiter, aber es ist ein widerliches Viehzeug.»

Während sie so zusammen tranken, hatte er keine Schmerzen, nur das Unbehagen, immer in derselben Lage liegen zu müssen, und während die Boys das Feuer anzündeten, dessen Schatten auf die Zelte sprang, spürte er von neuem, wie er dies Leben einer wohligen Selbstaufgabe bejahte. Sie *war* sehr gut zu ihm. Er war nachmittags grausam und ungerecht gewesen. Sie war eine ganz famose Frau, wirklich großartig. Und gerade da fiel ihm ein, daß er im Sterben lag.

Es kam wie ein Sausen, nicht wie ein Sausen von Wasser oder von Wind, sondern von einer plötzlichen, übelriechenden Leere, und das Seltsame daran war, daß die Hyäne leicht am Rand davon entlangglitt.

«Was ist, Harry?» fragte sie ihn.

«Nichts», sagte er. «Du solltest dich lieber auf die andere Seite setzen, gegen den Wind.»

«Hat Molo den Verband gewechselt?»

«Ja, ich nehme jetzt nur noch Borwasser.»

«Wie fühlst du dich?»

«Ein bißchen taumelig.»

«Ich geh hinein, baden», sagte sie. «Ich bin gleich wieder da, dann essen wir zusammen, und dann bringen wir dein Lager hinein.»

Also war es gut, sagte er zu sich, daß wir mit dem Gezänk aufgehört haben. Mit dieser Frau hatte er sich niemals viel gezankt, während er sich mit den Frauen, die er liebte, so viel gezankt hatte, daß am Ende alles, was sie gemeinsam hatten, durch die ätzende Wirkung ihrer Zänkereien zerstört wurde. Er hatte zuviel geliebt, zuviel verlangt, und alles war fadenscheinig geworden.

Er dachte an sein Alleinsein in Konstantinopel, damals, als sie sich in Paris vor seiner Abreise gezankt hatten. Er hatte die ganze Zeit über gehurt, und dann, als das vorbei war, und es ihm nicht gelungen war, seine Einsamkeit zu töten, sondern sie nur immer schlimmer wurde, hatte er ihr, der ersten, der, die ihn verlassen hatte, einen Brief geschrieben, in dem er ihr sagte, daß er es nie hätte abtöten können ... Wie ihm, als er einmal glaubte, sie vor dem Régence zu sehen, inwendig ganz schwach und übel geworden sei, und daß er einer Frau, die ihr in irgendeiner Art ähnelte, den Boulevard entlang gefolgt sei, angsterfüllt, sie möge es nicht sein, voller Angst, das Gefühl, das es ihm gab, zu verlieren. Wie ihn jede, mit der er geschlafen hatte, sie nur noch mehr vermissen ließ. Wie das, was sie getan hatte, ja völlig bedeutungslos sei, da ihm klar wäre, daß er sich nicht von seiner Liebe zu ihr heilen könne. Er schrieb diesen

Brief im Club, völlig nüchtern, adressierte ihn nach New York und bat sie, ihm nach Paris ins Büro zu schreiben. Das schien ungefährlich. Und an dem Abend, als sie ihm so sehr fehlte, daß er sich inwendig jämmerlich leer fühlte, schlenderte er bei Maxim's vorbei, las ein Mädchen auf und ging mit ihr essen. Nachher war er mit ihr in ein Lokal gegangen, um zu tanzen. Sie tanzte schlecht, und er ließ sie stehen für eine scharfe armenische Nutte, die ihren Bauch derart gegen ihn preßte, daß es ihn beinahe versengte. Er nahm sie einem englischen Kanonier nach einer Schlägerei weg. Der Kanonier forderte ihn auf, hinauszukommen, und sie prügelten sich draußen auf der Straße, auf den Pflastersteinen, in der Dunkelheit. Er hatte ihm zwei ordentliche Kinnhaken versetzt, und als er nicht k. o. ging, war ihm klar, daß allerhand bevorstand. Der Kanonier boxte ihn in den Bauch und dann unters Auge. Dann holte er aus und landete einen linken Schwinger, und der Kanonier fiel über ihn her und packte seine Jacke und riß den Ärmel ab, und er hieb ihn zweimal hinters Ohr, und dann erledigte er ihn mit einem Rechten, als er ihn wegstieß. Als der Kanonier zu Boden ging, schlug er mit dem Kopf zuerst auf, und er rannte mit dem Mädchen weg, weil man die Militärpolizei kommen hörte. Sie stiegen in ein Taxi und fuhren hinaus zu Rimmily Hissa, am Bosporus entlang und dann zurück in der kühlen Nacht, und sie gingen ins Bett, und sie fühlte sich so überreif an, wie sie aussah, jedoch glatt, rosenblättrig, sirupartig, glattbauchig, vollbusig, und sie brauchte kein Kissen unter ihrem Hintern, und er verließ sie, bevor sie aufwachte, und schwammig genug sah sie aus im ersten Tageslicht, und er tauchte mit einem blauen Auge im Pera Palace auf und trug seine Jacke überm Arm, weil ein Ärmel fehlte.

Am selben Abend ging es weiter nach Anatolien, und er erinnerte sich, wie er später einmal auf dieser Expedition den ganzen Tag über durch Mohnfelder geritten war, aus denen man Opium gewann, und wie seltsam man sich schließlich fühlte, und alle Entfernungen schienen nicht zu stimmen, wo sie den Angriff mit den neu eingetroffenen Offizieren aus Konstantinopel gemacht hatten, die von nichts die geringste Ahnung hatten, und die Artillerie hatte in die Truppen hineingefeuert, und der englische Beobachter hatte wie ein Kind geheult.

Das war jener Tag, an dem er zum erstenmal tote Männer in weißen Ballettröckchen und Schnabelschuhen mit Pompons darauf gesehen hatte. Die Türken waren stetig und truppweise vorgedrungen, und er hatte gesehen, wie die berockten Männer wegliefen und wie die Offiziere in sie hineinfeuerten und dann selbst rannten, und dann waren auch er und der englische Beobachter gerannt, bis ihm die Lunge weh tat und er den Geschmack von Kupfermünzen im Mund hatte, und sie hinter einigen Felsblöcken anhielten, und da rückten die Türken heran, in Wellen wie vorher. Später hatte er jene Dinge gesehen, an die er niemals denken konnte, und noch später hatte er viel Schlimmeres gesehen. Er hatte, als er nach Paris zurückkam, nicht davon sprechen können und hielt es auch nicht aus, wenn jemand anders es erwähnte. Und als er damals an dem Café vorüberging, saß der amerikanische Dichter mit einem dummen Ausdruck auf seinem Schafsgesicht vor einem Haufen Untertassen und sprach über die Dadaisten mit einem Rumänen, der angeblich Tristan Tzara hieß, der immer ein Monokel trug und Kopfweh hatte – und oben in seiner Wohnung mit seiner Frau, die er jetzt wieder liebte, wo der Zank vollständig vorbei war, wo die Verrücktheit vollständig vorbei war, wo er froh war, wieder zu Hause zu sein, da schickte das Büro ihm seine Post hinauf in die Wohnung. Und eines Morgens kam dann der Antwortbrief auf den, den er geschrieben hatte, auf dem Tablett herein, und als er die Handschrift sah, überlief es ihn eiskalt, und er versuchte, den Brief unter einen andern zu schieben. Aber seine Frau sagte: «Von wem ist denn der Brief, mein Lieber?», und das war das Ende vom Anfang davon.

Er erinnerte sich an die guten Tage mit ihnen allen und die Streitereien. Sie suchten sich immer die schönsten Plätze für die Streitereien aus. Und warum hatten sie wohl immer Streit angefangen, wenn er sich gerade am wohlsten fühlte? Er hatte niemals etwas davon geschrieben, zuerst wohl, weil er keinem weh tun wollte, und später fand er dann, daß es auch ohne dies genug zum Schreiben gab. Aber er hatte immer gedacht, daß er es doch schließlich einmal schreiben würde. Es gab so viel zu schreiben. Er hatte gesehen, wie die Welt sich wandelte, nicht nur die Ereignisse, obschon er auch viele Ereignisse gesehen und Menschen beobachtet hatte, aber er hatte die feineren Veränderungen gesehen, und er konnte sich erinnern, wie die Menschen zu verschiedenen Zeiten gewesen waren. Er war dabei gewesen, und er hatte es beobachtet, und es war seine Aufgabe, darüber zu schreiben, aber nun würde er es niemals tun.

«Wie fühlst du dich?» sagte sie. Sie war, nachdem sie gebadet hatte, aus dem Zelt gekommen.

«Ganz gut.»

«Magst du jetzt essen?» Er sah Molo hinter ihr mit einem Klapptisch und den anderen Boy mit den Schüsseln.

«Ich möchte schreiben», sagte er.

«Du solltest etwas Brühe trinken, um bei Kräften zu bleiben.»

«Ich sterbe heute nacht», sagte er. «Ich brauche nicht bei Kräften zu bleiben.»

«Bitte kein Melodram, Harry», sagte sie.

«Gebrauch doch deine Nase. Ich bin bereits bis zur Hälfte des Oberschenkels hinauf verfault. Zum Teufel noch mal, wozu soll ich mich jetzt mit Brühe abgeben? Molo, bring Whisky-Soda!»

«Bitte, trink die Brühe», sagte sie sanft.

«Schön.»

Die Brühe war zu heiß. Sie mußte in der Tasse abkühlen, bis er sie trinken konnte, ohne sich den Mund zu verbrennen.

«Du bist eine großartige Frau», sagte er. «Hör nicht auf das, was ich sage.»

Sie sah ihn an mit dem so wohlbekannten, so beliebten Gesicht aus *Spur* und *Town and Country*, nur ein wenig ramponiert vom Trinken, nur ein wenig ramponiert vom Bett, aber *Town and Country* zeigte niemals jene gesunden Brüste und jene brauchbaren Schenkel und jene leicht die Kreuzgegend streichelnden Hände, und als er aufblickte und ihr so wohlbekanntes, angenehmes Lächeln sah, fühlte er wieder den Tod kommen. Diesmal war es kein Sausen. Es war ein Hauch wie von Wind, der eine Kerze aufflakkern und die Flamme hochschießen läßt.

«Man kann mein Netz später herausbringen und es am Baum aufhängen und das Feuer aufschichten. Ich gehe heute nacht nicht ins Zelt. Es lohnt nicht den Umzug. Es ist eine klare Nacht. Es wird keinen Regen geben.»

So starb man also, inmitten von Flüstern, das man nicht hörte. Nun, Zank würde es nicht mehr geben. Das konnte er versprechen. Dieses eine noch nie gehabte Erlebnis würde er sich jetzt nicht verderben. Wahrscheinlich würde er es doch tun. Man versaute sich ja alles. Aber vielleicht auch nicht.

«Du kannst kein Diktat aufnehmen, nicht wahr?»

«Ich hab's nie gelernt», erwiderte sie ihm.

«Macht nichts.»

Es war nicht genug Zeit, natürlich, obschon es sich anscheinend wie ein Fernrohr ineinanderschob, so daß man alles in einen Absatz hineinbekam, wenn man's richtig anfaßte.

Da lag ein Blockhaus, weiß beworfen mit Mörtel, auf einem Hügel über dem See. Da gab es eine Glocke an einer Stange neben der Tür, um die Leute zum Essen zu rufen. Hinter dem Haus waren Felder, und hinter den Feldern waren Bäume. Eine Reihe italienischer Pappeln führte vom Haus zur Werft und von dort um die Landspitze herum. Ein Weg ging hinauf in die Hügel, direkt an den Bäumen vorbei, und auf diesem Weg pflückte er Brombeeren. Dann brannte des Blockhaus herunter, und all die Gewehre, die in den Ständern aus Hirschläufen über dem Kamin waren, verbrannten, und nachher lagen die Läufe, in deren Magazinen das Blei geschmolzen war, mit den weggebrannten Schäften auf der Asche, die man benutzte, um für die großen, eisernen Seifenkessel Lauge zu machen, und man fragte Großvater, ob man sie zum Spielen haben könnte, und er sagte «Nein». Weil es eben immer noch seine Gewehre waren, verstehen Sie? Und er kaufte auch niemals neue. Auf die Jagd ging er auch nicht mehr. Das Haus wurde an derselben Stelle wieder aufgebaut; jetzt aus Balken und weiß gestrichen, und von der gedeckten Veranda aus konnte man die Pappeln und dahinter den See sehen, aber Gewehre gab es niemals wieder. Die Läufe der Gewehre, die an den Hirschläufen an der Wand des Blockhauses gehangen hatten, lagen draußen auf dem Aschenhaufen, und keiner rührte sie je an.

Nach dem Krieg pachteten wir einen Forellenbach im Schwarzwald, und es gab zwei Wege, die dorthin führten. Einer ging durch das Triberger Tal hinab und schlängelte sich an der Talstraße entlang im Schatten der Bäume, die die weiße Straße einsäumten, und dann eine Seitenstraße hinan, die durch die Hügel hinaufführte, an einer Menge kleiner Anwesen mit großen Schwarzwaldhäusern vorbei, bis jene Straße den Bach überquerte. Hier begann unser Fischwasser.

Man konnte sonst auch steil bis zum Waldsaum hinaufklettern und dann über die Hügelkuppen durch die Tannenwälder hinauf bis an den Rand einer Wiese gehen und über die Wiese hinunter bis zur Brücke. Es standen Birken am Bach, und er war nicht breit, sondern schmal, klar und reißend mit kleinen Ausbuchtungen dort, wo er die Wurzeln der Birken unterhöhlt hatte. Der Hotelbesitzer in Triberg hatte eine ausgezeichnete Saison. Es war besonders nett, und wir waren alle sehr befreundet. Im nächsten Jahr kam die Inflation, und das Geld, das er im Jahr zuvor verdient hatte, reichte nicht aus, um Lebensmittel für den Beginn der neuen Saison zu kaufen, und er erhängte sich.

Das konnte man diktieren, aber man konnte nicht die Place Contrescarpe diktieren, wo die Blumenverkäufer ihre Blumen auf der Straße färbten, und der Farbstoff dort, wo der Autobus abfuhr, über das Pflaster lief, und die alten Männer und Frauen ewig von Wein und Fusel betrunken waren, und wo den Kindern bei der Kälte die Nasen liefen, und auch nicht den Geruch von schmutzigem Schweiß, von Armut und Betrunkenheit im Café des Amateurs und den Huren vom Bal Musette, über dem sie wohnten. Die Concierge, die in ihrer Loge den Sergeant der Garde Républicaine zu Besuch hatte, dessen Helm mit dem Roßhaarbusch auf dem Stuhl lag. Die Locataire überm Gang, deren Mann Radrennfahrer war, und ihre Freude in der crémerie an jenem Morgen, als sie L'Auto aufgemacht hatte und sah, wo er im Paris-Tours, seinem ersten großen Rennen, als Dritter gelegen hatte. Sie war rot geworden und hatte gelacht und war dann weinend mit der gelben Sportzeitung in der Hand die Treppe hinaufgegangen. Der Mann von der Frau, die den Bal Musette betrieb, fuhr ein Taxi, und wenn er, Harry, morgens in aller Frühe ein Flugzeug nehmen mußte, klopfte der Mann an die Tür, um ihn zu wecken, und dann tranken sie beide ein Glas Weißwein an der Messingtheke, bevor sie aufbrachen. Er kannte seine Nachbarn in jenem Viertel damals, weil sie alle arm waren.

Um jene Place herum gab es zwei Sorten: die Säufer und die sportifs. Die Säufer suchten ihre Armut auf ihre Weise zu vergessen, und die sportifs, indem sie trainierten. Sie waren die Nachkommen der Communards und brauchten sich nicht groß zu besinnen, wo sie politisch standen. Sie wußten, wer ihre Väter, ihre Verwandten, ihre Brüder und Freunde erschossen hatte, als die Versailler Truppen ein-

rückten und nach der Commune die Stadt besetzten und jeden hinrichteten, den sie greifen konnten, der Schwielen an den Händen hatte oder eine Mütze trug oder sonst wie ein Arbeiter aussah. Und in jener Armut und in jenem Viertel jenseits der Straße, gegenüber einer boucherie chevaline und einer Wein-Konsumgenossenschaft, hatte er den Anfang zu allem gemacht, was er je schreiben würde. Es gab niemals einen anderen Teil von Paris, den er so liebte, die wildwuchernden Bäume, die alten, weiß getünchten, unten braun gestrichenen Häuser, das lange Grün des Autobusses auf jenem runden Platz, das Lila von den gefärbten Blumen auf dem Pflaster, das jähe Abfallen der Rue du Cardinal-Lemoine den Hügel hinab zur Seine und nach der anderen Seite die enge, wimmelnde Welt der Rue Mouffetard. Die Straße, die zum Panthéon hinaufführte, und die andere, die er immer mit dem Rad entlangfuhr, die einzige asphaltierte Straße im ganzen Viertel – glatt unter den Rädern – mit den hohen, schmalen Häusern und dem billigen, vielstöckigen Hotel, in dem Paul Verlaine gestorben war. Die Wohnung, in der sie lebten, bestand nur aus zwei Zimmern, und er hatte ein Zimmer in der obersten Etage jenes Hotels, das ihn im Monat 60 Francs kostete, und da schrieb er, und von dort konnte er die Dächer und Schornsteine und alle Hügel von Paris sehen.

Von der Wohnung aus konnte man nur die Bude vom Holz- und Kohlenmann sehen. Er verkaufte auch Wein, schlechten Wein. Den goldenen Pferdekopf der boucherie chevaline, wo die geschlachteten Tiere gelb, golden und rot in der offenen Auslage hingen, und den grün gestrichenen Konsumverein, wo sie ihren Wein kauften, guten Wein und billig. Sonst gab es nichts als getünchte Mauern und die

Fenster der Nachbarn, die nachts, wenn jemand betrunken auf der Straße lag, stöhnend und jammernd, in jener typisch französischen ivresse, deren Existenz man abzuleugnen suchte, die Fenster öffneten, und dann das Gemurmel der Gespräche.

«Wo ist der Polizist? Wenn man ihn nicht braucht, ist der Scheißkerl immer da. Er schläft mit irgendeiner Concierge. Hol den agent.» Bis irgend jemand einen Eimer voll Wasser aus dem Fenster schüttete und das Gejammer aufhörte. «Was war das? Wasser? Donnerwetter, das war 'ne Idee.» Und die Fenster sich schlossen. Marie, seine femme de ménage, die gegen den Acht-Stunden-Tag protestierte und sagte: «Wenn ein Mann bis sechs arbeitet, trinkt er sich auf dem Heimweg nur einen Kleinen an und verschwendet nicht zuviel. Wenn einer nur bis fünf arbeitet, ist er jeden Abend betrunken, und man hat überhaupt kein Geld mehr. Unter der Kürzung der Arbeitszeit hat bloß die Frau des Arbeiters zu leiden.»

«Möchtest du nicht noch etwas Brühe haben?» fragte ihn die Frau.

«Nein, danke sehr; sie ist ausgezeichnet.»

«Versuch doch noch ein bißchen.»

«Ich möchte gern einen Whisky-Soda.»

«Es ist nicht gut für dich.»

«Nein, ‹es ist schlecht für mich, zu wissen, daß du verrückt nach mir bist!› Text und Musik von Cole Porter.»

«Du weißt, ich hab's gern, wenn du trinkst.»

«O ja, nur daß es schlecht für mich ist.»

Wenn sie geht, dachte er, werde ich alles haben, was ich will. Nicht alles, was ich will, aber alles, was es gibt. Gott, war er müde. Zu müde. Er wollte ein bißchen schlafen. Er lag still, und der Tod war nicht da. Er war wohl in eine andere Straße eingebogen. Er fuhr paarweise auf Rädern und bewegte sich lautlos auf dem Pflaster.

Nein, er hatte niemals über Paris geschrieben, nicht über das Paris, an dem er hing. Aber was war mit allem übrigen, das er niemals geschrieben hatte?

Was war mit der Ranch und dem silbrigen Grau des Salbeigebüschs, dem schnell strömenden, klaren Wasser in den Bewässerungsgräben und dem satten Grün der Luzerne? Der Pfad führte hinauf in die Berge, und das Vieh war im Sommer so scheu wie Wild. Das Gebrüll und das gleichförmige Geräusch und die langsam sich bewegende Masse, die den Staub aufwirbelte, wenn man das Vieh im Herbst hinuntertrieb. Und hinter dem Gebirge die klare Schärfe der Bergspitze im Abendlicht, und als er hinunterritt beim Mondlicht, wie sich der Pfad hell durch die Ebene zog. Jetzt erinnerte er sich daran, wie er im Dunkeln durchs Gehölz hinuntergekommen war und sich am Schwanz des Pferdes festgehalten hatte, wenn er nichts sehen konnte, und an all die Geschichten, die er hatte schreiben wollen.

Über den blöden Hüterjungen, den man damals auf der Ranch zurückließ, und dem eingeschärft war, keinen ans Heu zu lassen, und über jenen alten Dreckskerl von den Forks, der den Jungen, als er mal für ihn arbeitete, verprügelt hatte, und der vorbeikam, um sich Futter zu holen. Wie der Junge «Nein» gesagt hatte, und der Alte sagte, er würde ihn wieder verprügeln. Der Junge holte die Flinte aus der Küche und erschoß ihn, als er versuchte, in die Scheune zu gehen, und als sie auf die Ranch zurückkamen, lag er bereits eine Woche tot und steif gefroren in der Vieheinzäunung, und die Hunde hatten ihn teilweise aufgefressen. Aber was übrig war, packte man, in eine Decke gewickelt, auf einen Schlitten und band es fest, und man ließ sich von dem Jungen beim Ziehen helfen, und zusammen nahm man es auf und beförderte es auf Skiern die Straße hinunter und sechzig Meilen weiter hinab in die Stadt, um den Jungen der Polizei zu übergeben. Er hatte keine Ahnung davon, daß man ihn verhaften würde. Er dachte, er habe seine Pflicht getan, und man wäre sein Freund, und er würde belohnt werden. Er hatte geholfen, den alten Mann hinunterzuschaffen, damit jeder erfahren würde, wie schlecht der alte Mann gewesen war, und daß er versucht hatte, Futter zu stehlen, das ihm nicht gehörte, und als der Sheriff dem Jungen die Handschellen anlegte, konnte er es gar nicht fassen. Dann fing er an zu weinen. Das war eine der Geschichten, die er sich zum Schreiben aufgespart hatte. Er kannte mindestens zwanzig gute Geschichten aus jener Gegend, und er hatte auch nicht eine geschrieben. Warum?

«Erzähl du ihnen, warum», sagte er.

«Warum was, Lieber?»

«Warum nichts.»

Sie trank nicht mehr soviel, seit sie ihn hatte. Aber falls er am Leben blieb, würde er niemals über sie schreiben, das wußte er jetzt. Auch über keine der anderen. Die Reichen waren fade und tranken zuviel, oder sie spielten zuviel Tricktrack. Sie waren fade, und alle einer wie der andere. Er erinnerte sich an den armen Julian und seine romantische Ehrfurcht vor ihnen, und wie er einmal eine Geschichte begonnen hatte, die so anfing: «Die Steinreichen sind anders als du und ich.» Und wie jemand zu Julian gesagt hatte: «Jawohl, sie haben mehr Geld.» Aber das fand Julian gar nicht komisch. Er hielt sie für eine besonders glorreiche Menschenart, und als ihm aufging, daß es gar nicht so war, warf ihn das genauso um wie jede andere Sache, die ihn umwarf.

Er hatte Leute, die es umwarf, verachtet. Man brauchte es ja noch nicht zu mögen, weil man es verstand. Er konnte mit allem fertig werden, dachte er, weil ihm nichts weh tun konnte, so lange es ihn nichts anging.

Gut, jetzt würde ihn der Tod nichts angehen. Etwas, wovor er sich immer gegraut hatte, waren Schmerzen. Er konnte Schmerzen so gut ertragen wie jeder andere, bis sie zu lange anhielten und ihn aushöhlten, aber hier hatte er etwas, das entsetzlich weh getan hatte, und gerade als er fühlte, daß es ihn zerbrach, hatte der Schmerz aufgehört.

Er erinnerte sich an damals, als Williamson, der Artillerieoffizier, von einer Handgranate getroffen wurde, die eine deutsche Patrouille warf, als er in jener Nacht durch den Stacheldraht zurückkam, und wie er schrie und jeden gebeten hatte, ihn zu töten. Er war ein dicker Kerl, sehr tapfer und ein guter Offizier, wenn er auch zum Theatralischen neigte. Aber in jener Nacht blieb er im Stacheldraht hängen, und eine Rakete beleuchtete ihn, und seine Eingeweide hingen im Stacheldraht verstrickt, so daß sie ihn losschneiden mußten, nachdem sie ihn lebendig hereingebracht hatten. «Erschieß mich, Harry, um Christi willen, erschieß mich.» Sie hatten einmal darüber diskutiert, daß Gott keinem etwas schicke, was er nicht ertragen könne, und irgendeiner hatte die Theorie aufgestellt, daß dies bedeute, daß eben an einem gewissen Punkt der Schmerz automatisch das Bewußtsein auslösche. Aber er hatte sich immer an Williamson in jener Nacht erinnert. Nichts ließ ihn das Bewußtsein verlieren, bis er ihm all seine Morphiumtabletten gab, die er immer aufgespart hatte, um sie selbst zu nehmen, und dann wirkten sie auch noch nicht gleich.

Dies jedoch, was er hatte, war kinderleicht, und wenn es nicht mit der Zeit schlimmer wurde, brauchte man sich keine Sorgen zu machen. Nur daß er gern in besserer Gesellschaft gewesen wäre.

Er dachte ein bißchen an die Gesellschaft, die er gern haben würde.

Nein, dachte er, wenn man alles, was man tut, zu lange und zu spät tut, kann man nicht erwarten, daß die Menschen noch da sind. Sie sind alle weg. Das Fest ist vorbei, und man ist mit seiner Gastgeberin allein.

Mich langweilt das Sterben genauso wie alles übrige, dachte er.

«Es ist langweilig», sagte er laut.

«Was denn, Lieber?»

«Alles, was man zu verdammt lange tut.»

Er betrachtete ihr Gesicht zwischen sich und dem Feuer. Sie lag im Stuhl zurückgelehnt, und der Feuerschein fiel auf ihr von feinen Linien durchzogenes Gesicht, und er konnte sehen, daß sie schläfrig war. Er hörte die Hyäne außerhalb des Feuerbereichs lärmen.

«Ich habe geschrieben», sagte er, «aber es hat mich müde gemacht.»

«Glaubst du, du wirst schlafen können?»

«Sicher. Warum gehst du nicht rein?»

«Ich sitze gern hier bei dir.»

«Spürst du irgend etwas Seltsames?» fragte er sie.

«Nein, nur ein bißchen Müdigkeit.»

«Aber ich», sagte er. Er hatte gerade gespürt, wie der Tod wieder vorbeikam. «Weißt du, das einzige, was ich nie verloren habe, ist meine Neugier», sagte er zu ihr.

«Du hast überhaupt nichts verloren. Du bist der kompletteste Mann, den ich je gekannt habe.»

«Mein Gott», sagte er, «wie wenig so eine Frau weiß. Was ist das? Deine Intuition?»

Weil gerade eben der Tod gekommen war und seinen Kopf auf das Fußende des Lagers lehnte, und er seinen Atem riechen konnte.

«Glaub nichts von all dem Zeug mit Sichel und Schädel», sagte er zu ihr. «Es können genausogut zwei Polizisten auf Rädern sein, oder ein Vogel. Oder er könnte eine breite Schnauze haben wie eine Hyäne.»

Er war jetzt an ihm hochgekrochen, aber er hatte keine Gestalt mehr. Er nahm einfach Raum ein.

«Sag ihm, daß er weggehen soll.»

Er ging nicht weg, sondern kam ein bißchen näher.

«Du hast einen höllischen Atem», sagte er zu ihm. «Du stinkender Dreckskerl.»

Er drängte sich noch näher an ihn heran, und jetzt konnte er nichts zu ihm sagen, und als er sah, daß er nicht sprechen konnte, kam er noch ein bißchen näher, und jetzt versuchte er, ihn, ohne zu sprechen, wegzuscheuchen, aber er bewegte sich an ihm hoch, so daß sein Gewicht voll auf seine Brust drückte, und während er da hockte und er sich weder bewegen noch sprechen konnte, hörte er die Frau sagen: «Bwana schläft jetzt. Nehmt das Lager sehr vorsichtig auf und tragt es ins Zelt.»

Er konnte nicht sprechen, um ihr zu sagen, daß sie ihn wegscheuchen sollte, und er hockte jetzt schwerer auf ihm, so daß er nicht atmen konnte. Und dann, als sie sein Lager hochhoben, war plötzlich alles gut, und das Gewicht wich von seiner Brust.

Es war Morgen, und es war bereits eine ganze Zeit lang Morgen, und er hörte das Flugzeug. Es sah sehr klein aus, und dann beschrieb es einen weiten Kreis, und die Boys liefen hinunter und zündeten die Feuer an und nahmen Paraffin dazu und häuften Gras auf, so daß es zwei große Rauchfahnen an beiden Enden des geebneten Platzes gab, und der Morgenwind blies sie dem Lager zu, und das Flugzeug beschrieb noch zwei Kreise, zuletzt ganz niedrig, und glitt dann hinab, richtete sich aus und landete glatt, und der alte Compton in seiner weiten Hose, seiner Tweedjacke und einem braunen Filzhut kam auf ihn zu.

«Was ist denn los, alter Hengst?» sagte Compton.

«'n schlimmes Bein», sagte er zu ihm. «Willst du was frühstücken?»

«Danke, ich möchte nur eine Tasse Tee haben. Weißt du, es ist unser alter ‹Gabelschwanz›; die Memsahib werde ich nicht mitnehmen können. Es ist nur für einen Platz. Euer Lastauto ist unterwegs.»

Helen hatte Compton beiseite genommen und sprach mit ihm. Compton kam aufgeräumter als je zurück.

«Wir laden dich gleich ein», sagte er. «Ich komme dann zurück für die Mem. Ich fürchte, ich muß in Arusha Zwischenlandung machen, um zu tanken. Wollen uns mal gleich in Bewegung setzen.»

«Und dein Tee?»

«Weißt du, ich mach mir wirklich nichts daraus.»

Die Boys hatten das Lager aufgenommen und trugen es dem kleinen Flugzeug zu, um die grünen Zelte herum und hinunter, am Felsen entlang, hinaus in die Ebene und an den Lichtsignalen vorbei, die jetzt, wo alles Gras aufgezehrt war, hell brannten, und der Wind blies die Flammen an. Es war schwierig, ihn hineinzubekommen, aber als er erst einmal drinnen war, lehnte er sich auf dem ledernen Sitz zurück, und das Bein lag steif ausgestreckt neben Comptons Sitz. Compton warf den Motor an und stieg ein. Er winkte Helen und den Boys zu, und während das Geratter in das alte, wohlbekannte Brausen überging, wendeten sie, und Compton hatte ein wachsames Auge auf die Warzenschweinlöcher und brauste holpernd die Strekke zwischen den Feuern entlang und hob sich mit dem letzten Stoß in die Luft, und er sah sie alle unten stehen und winken und das Lager neben dem Hügel flacher werden und die Ebene sich ausbreiten, Gruppen von Bäumen und den Busch flach werden, während die Wildspuren jetzt glatt zu den Wasserstellen liefen, und dann sah er eine neue Wasserstelle, von der er gar nichts gewußt hatte. Die Zebras, jetzt kleine, gerundete Rücken, und die Gnus, großköpfige Punkte, die aufwärts zu steigen schienen, als sie wie in langen Fingern sich über die Ebene bewegten und dann auseinanderliefen, als der Schatten sich ihnen näherte. Sie waren jetzt winzig, und ihre Bewegungen hatten nichts Galoppierendes mehr, und die Ebene war jetzt, so weit man sehen konnte, grau-gelb, und vor ihm war Compies Tweedrücken und sein brauner Filzhut. Dann waren sie über den ersten Hügeln, und die Gnus zogen hinauf, und dann waren sie über Bergen mit plötzlichen Tiefen von grün aufstrebenden Wäldern und dichten Bambushängen und dann wieder dunklem Wald wie in Spitzen und Mulden ausgehauen, bis sie darüber hinweg waren, und abfallende Hügel, und dann eine neue Ebene, heiß jetzt und lilabraun, uneben von der Hitze, und Compie, der sich umdrehte, um zu sehen, wie es ihm bekam. Dann sah man neue Berge, dunkel vor sich.

Und dann, anstatt nach Arusha weiterzufliegen, drehten sie nach links – er mußte wohl ausgerechnet haben, daß er genügend Brennstoff hatte –, und als er hinabsah, erblickte er eine treibende, rosa Wolke, die sich über den Boden bewegte und in der Luft so wie der erste Schnee in einem Schneetreiben, der von nirgendwoher kommt, und er wußte, daß die Heuschrecken vom Süden heranzogen. Dann begannen sie zu steigen, und sie schienen nach Osten zu fliegen, und dann wurde es dunkel, und sie waren in einem Gewitter, und der Regen war so dicht, daß es schien, als ob man durch einen Wasserfall flog, und dann waren sie hindurch, und Compie wandte den Kopf und grinste und deutete vorwärts, und dort vor ihnen, so weit er sehen konnte, so weit wie die ganze Welt, groß, hoch und unvorstellbar weiß in der Sonne war der flache Gipfel des Kilimandscharo. Und dann wußte er, dorthin war es, wohin er ging.

Gerade dann hörte die Hyäne auf, im Dunkel zu wimmern und begann einen seltsamen, menschlichen, fast weinenden Ton von sich zu geben. Die Frau hörte es und bewegte sich unruhig hin und her. Sie wachte nicht auf. Im Traum war sie im Haus in Long Island, und es war der Abend vor dem ersten Ball ihrer Tochter. Irgendwie war ihr Vater da, und er war sehr grob gewesen. Dann war das Geräusch, das die Hyäne machte, so laut, daß sie erwachte, und einen Augenblick lang wußte sie nicht, wo sie war, und sie hatte große Angst. Dann nahm sie die Taschenlampe und beleuchtete damit das andere Lager, das sie hineingetragen hatten, nachdem Harry eingeschlafen war. Sie konnte seinen Körper unter dem Moskitonetz sehen, aber irgendwie hatte er sein Bein herausgezwängt, und es hing am Lager hinunter. Der Verband war vollständig abgegangen, und sie konnte nicht hinsehen.

«Molo!» rief sie. «Molo, Molo.»

Dann sagte sie «Harry, Harry!», dann mit erhobener Stimme: «Harry. Bitte, Harry, o Gott, Harry.»

Es kam keine Antwort, und sie konnte ihn nicht atmen hören.

Draußen vor dem Zelt machte die Hyäne immer noch das gleiche seltsame Geräusch, von dem sie erwacht war. Aber sie hörte es nicht, weil ihr Herz so klopfte.

Alter Mann an der Brücke

Ein alter Mann mit einer stahlgeränderten Brille und sehr staubigen Kleidern saß am Straßenrand. Über den Fluß führte eine Pontonbrücke, Karren, Lastautos, Männer, Frauen und Kinder überquerten sie. Die von Maultieren gezogenen Karren schwankten die steile Uferböschung hinter der Brücke hinauf, und Soldaten halfen und stemmten sich in die Speichen der Räder. Die Lastautos arbeiteten schwer, um aus alldem herauszukommen, und die Bauern stapften in dem knöcheltiefen Staub einher. Aber der alte Mann saß da, ohne sich zu bewegen. Er war zu müde, um noch weiter zu gehen.

Ich hatte den Auftrag, die Brücke zu überqueren, den Brückenkopf auf der anderen Seite auszukundschaften und ausfindig zu machen, bis zu welchem Punkt der Feind vorgedrungen war. Ich tat das und kehrte über die Brücke zurück. Jetzt waren dort nicht mehr so viele Karren und nur noch wenige Leute zu Fuß, aber der alte Mann war immer noch da.

«Wo kommen Sie her?» fragte ich ihn.

«Aus San Carlos», sagte er und lächelte.

Es war sein Heimatort, und darum machte es ihm Freude, ihn zu erwähnen, und er lächelte.

«Ich habe Tiere gehütet», erklärte er.

«So», sagte ich und verstand nicht ganz.

«Ja», sagte er, «wissen Sie, ich blieb, um die Tiere zu hüten. Ich war der letzte, der die Stadt San Carlos verlassen hat.»

Er sah weder wie ein Schäfer noch wie ein Rinderhirt aus, und ich musterte seine staubigen schwarzen Sachen und sein graues, staubiges Gesicht und seine stahlgeränderte Brille und sagte: «Was für Tiere waren es denn?»

«Allerhand Tiere», erklärte er und schüttelte den Kopf. «Ich mußte sie dalassen.»

Ich beobachtete die Brücke und das afrikanisch aussehende Land des Ebro-Deltas und war neugierig, wie lange es jetzt wohl noch dauern würde, bevor wir den Feind sehen würden, und ich horchte die ganze Zeit über auf die ersten Geräusche, die immer wieder das geheimnisvolle Ereignis ankündigen, das man ‹Fühlung nehmen› nennt, und der alte Mann saß immer noch da.

«Was für Tiere waren es?» fragte ich.

«Es waren im ganzen drei Tiere», erklärte er. «Es waren zwei Ziegen und eine Katze und dann noch vier Paar Tauben.»

«Und Sie mußten sie dalassen?» fragte ich.

«Ja, wegen der Artillerie. Der Hauptmann befahl mir fortzugehen, wegen der Artillerie.»

«Und Sie haben keine Familie?» fragte ich und beobachtete das jenseitige Ende der Brücke, wo ein paar letzte Karren die Uferböschung herunterjagten.

«Nein», sagte er, «nur die Tiere, die ich angegeben habe. Der Katze wird natürlich nichts passieren. Eine Katze kann für sich selbst sorgen, aber ich kann mir nicht vorstellen, was aus den andern werden soll.»

«Wo stehen Sie politisch?» fragte ich.

«Ich bin nicht politisch», sagte er. «Ich bin 76 Jahre alt. Ich bin jetzt zwölf Kilometer gegangen, und ich glaube, daß ich jetzt nicht weiter gehen kann.»

«Dies ist kein guter Platz zum Bleiben», sagte ich. «Falls Sie es schaffen könnten, dort oben, wo die Straße nach Tortosa abzweigt, sind Lastwagen.»

«Ich will ein bißchen warten», sagte er, «und dann werde ich gehen. Wo fahren die Lastwagen hin?»

«Nach Barcelona zu», sagte ich ihm.

«Ich kenne niemand in der Richtung», sagte er, «aber danke sehr. Nochmals sehr schönen Dank.»

Er blickte mich ganz ausdruckslos und müde an, dann sagte er, da er seine Sorgen mit jemandem teilen mußte: «Der Katze wird nichts passieren, das weiß ich; man braucht sich wegen der Katze keine Gedanken zu machen. Aber die andern; was glauben Sie wohl von den andern?»

«Ach, wahrscheinlich werden sie heil durch alles durchkommen.»

«Glauben Sie das?»

«Warum nicht?» sagte ich und beobachtete das jenseitige Ufer, wo jetzt keine Karren mehr waren.

«Aber was werden sie unter der Artillerie tun, wo man mich wegen der Artillerie fortgeschickt hat?»

«Haben Sie den Taubenkäfig unverschlossen gelassen?» fragte ich.

«Ja.»

«Dann werden sie wegfliegen.»

«Ja, gewiß werden sie wegfliegen. Aber die andern? Es ist besser, man denkt nicht an die andern», sagte er.

«Wenn Sie sich ausgeruht haben, würde ich gehen», drängte ich. «Stehen Sie auf, und versuchen Sie jetzt einmal zu gehen.»

«Danke», sagte er und stand auf, schwankte hin und her und setzte sich dann rücklings in den Staub.

«Ich habe Tiere gehütet», sagte er eintönig, aber nicht mehr zu mir. «Ich habe doch nur Tiere gehütet.»

Man konnte nichts mit ihm machen. Es war Ostersonntag, und die Faschisten rückten gegen den Ebro vor. Es war ein grauer, bedeckter Tag mit tiefhängenden Wolken, darum waren ihre Flugzeuge nicht am Himmel. Das und die Tatsache, daß Katzen für sich selbst sorgen können, war alles an Glück, was der alte Mann je haben würde.

Oben in Michigan

Jim Gilmore kam aus Kanada nach Hortons Bay. Er kaufte dem alten Horton die Schmiede und die Eisenhandlung ab. Jim war stämmig und dunkel, mit einem großen Schnurrbart und großen Händen. Er war ein guter Hufschmied, aber sah selbst mit seinem Lederschurz nicht sehr wie ein Schmied aus. Er wohnte oben über der Eisenhandlung und nahm seine Mahlzeiten bei D. J. Smith ein.

Liz Coates arbeitete bei Smiths. Mrs. Smith, die eine sehr dicke, saubere Frau war, sagte, daß Liz Coates das ordentlichste Mädchen sei, das sie je gesehen hätte. Liz hatte hübsche Beine und trug immer saubere Kattunschürzen, und es fiel Jim auf, daß ihr Haar immer ordentlich war. Ihm gefiel ihr Gesicht, weil es so vergnügt war, aber er dachte niemals an sie.

Liz mochte Jim sehr gern. Sie mochte die Art, wie er von der Schmiede herüberkam, und sie ging häufig zur Küchentür, um darauf zu warten, daß er sich auf den Weg machte. Sie mochte seinen Schnurrbart. Sie mochte es, wie weiß seine Zähne waren, wenn er lächelte. Sie mochte es sehr, daß er nicht wie ein Grobschmied aussah. Sie mochte es, daß D. J. Smith und Mrs. Smith Jim so gut leiden mochten. Eines Tages merkte sie, daß sie mochte, daß das Haar auf seinen Armen so schwarz war und daß die Arme so weiß über dem gebräunten Teil waren, wenn er sich in dem Waschbecken vor dem Haus wusch. Daß sie dies mochte, gab ihr ein komisches Gefühl.

Die Stadt, Hortons Bay, bestand nur aus fünf Häusern auf der Hauptstraße zwischen Boyne City und Charlevoix. Da gab's den Kaufladen und die Post mit einer großartigen Scheinfassade und vielleicht einem abgekoppelten Anhänger davor, Smiths Haus, Strouds Haus, Dillworths Haus, Hortons Haus und Van Hoosens Haus. Die Häuser lagen in einem Ulmenwäldchen, und die Straße war sehr sandig. Die Straße lief in beiden Richtungen durch Ackerland und Waldungen. Ein Stückchen die Straße hinauf war die Methodistenkirche und die Straße hinunter in der anderen Richtung die Gemeindeschule. Die Eisenhandlung war rot gestrichen und lag der Schule gegenüber.

Ein steiler, sandiger Weg lief durch die Wälder den Hügel hinab zur Bucht. Von Smiths Hintertür konnte man über die Wälder hinwegsehen, die sich bis zum See erstreckten, und über die Bucht. Im Frühling und im Sommer war es sehr schön, die Bucht blau und licht und meistens Schaumkämme auf dem See draußen jenseits der Landspitze von der Brise, die von Charlevoix und dem Michigansee herunterblies. Von Smiths Hintertür aus konnte Liz weit draußen auf dem See die Erzkähne sehen, die nach Boyne City fuhren. Wenn sie sie betrachtete, schienen sie sich überhaupt nicht zu bewegen, aber wenn sie hineinging und weiter Geschirr abtrocknete und dann wieder herauskam, waren sie jenseits der Landspitze außer Sicht.

Die ganze Zeit über dachte Liz jetzt an Jim Gilmore. Er schien nicht viel Notiz von ihr zu nehmen. Er sprach mit D. J. Smith über sein Geschäft und über die Republikanische Partei und über James G. Blaine. Abends las er bei der Lampe im Vorderzimmer *The Toledo Blade* und die Zeitung von Grand Rapids oder ging mit D. J. Smith zur Bucht hinunter, um bei Licht Fische zu stechen. Im Herbst nahmen er und Smith und Charley Wyman einen Wagen, ein Zelt, Fressalien, Äxte, ihre Flinten und zwei Hunde und machten eine Tour in die Kiefernebene hinter Vanderbilts Jagdgelände. Liz und Mrs. Smith kochten vier Tage lang für sie, bevor sie aufbrachen, Liz wollte etwas Besonderes für Jim zum Mitnehmen machen, aber sie tat es schließlich nicht, weil sie Angst hatte, Mrs. Smith um Eier und Mehl zu bitten, und außerdem Angst hatte, daß Mrs. Smith sie, wenn sie sie kaufte, beim Backen ertappen würde. Mrs. Smith hätte gar nichts einzuwenden gehabt, aber Liz hatte Angst.

Die ganze Zeit über, die Jim auf dem Jagdausflug war, dachte Liz an ihn. Es war schrecklich, während er weg war. Sie konnte nicht gut schlafen, weil sie an ihn dachte, aber sie entdeckte, daß es auch Spaß machte, an ihn zu denken. Wenn sie sich gehenließ war es besser. Die Nacht, bevor sie zurückkommen sollten, schlief sie überhaupt nicht; das heißt, sie dachte, daß sie nicht schlief, weil alles durcheinanderging in einem Traum von Nichtschlafen und wirklich Nichtschlafen. Als sie den Wagen die Straße entlangkommen sah, war ihr irgendwie flau und übel zumute. Sie konnte kaum abwarten, bis sie Jim sah, und sie meinte, daß alles gut sein würde, sobald er da wäre. Der Wagen hielt draußen unter der großen Ulme, und Mrs. Smith und Liz gingen hinaus. Die Männer hatten alle Bärte, und am Boden des Wagens lagen drei Rehe, deren dünne Beine steif über den Rand des Kutschbocks hervorstakten. Mrs. Smith küßte D. J. Smith, und er umarmte sie. Jim sagte: «Hallo, Liz», und grinste. Liz hatte nicht gewußt, was nun wirklich geschehen würde, wenn Jim zurückkam, aber sie war überzeugt, daß etwas geschehen würde. Nichts geschah. Die Männer waren einfach wieder zu Hause; das war alles. Jim zog die Leinwandsäcke von den Rehen, und Liz sah sie sich an. Eines war ein großer Bock. Er war steif und schwer aus dem Wagen zu heben.

«Hast du den geschossen, Jim?» fragte Liz.

«Tja, 'ne richtige Schönheit, was?» Jim nahm ihn auf den Rücken, um ihn in die Räucherkammer zu tragen.

An jenem Abend blieb Charley Wyman zum Abendessen bei Smith. Es war zu spät, um nach Charlevoix zurückzugehen. Die Männer wuschen sich und warteten im Vorderzimmer aufs Abendessen.

«Ist denn nicht noch was drin in der Kruke, Jim?» frug D. J. Smith. Jim ging hinaus zum Wagen in den Schuppen und holte den Krug mit dem Whiskey, den die Männer auf die Jagd mitgenommen hatten. Es war ein Vierzehn-Liter-Krug, und es schwappte noch ziemlich viel auf dem Grund hin und her. Jim tat einen tiefen Zug auf dem Weg zurück zum Haus. Es war schwierig, solch einen großen Krug hochzuheben, um daraus zu trinken. Ein bißchen Whiskey lief auf sein Vorhemd hinunter. Die beiden Männer lächelten, als Jim mit dem Krug hereinkam. D. J. Smith rief nach Gläsern, und Liz brachte welche. D. J. schenkte drei ganz gehörige ein.

«Na, auf dein Spezielles, D. J.», sagte Charles Wyman.

«Auf den Riesenkerl von einem Bock, Jimmy», sagte D. J.

«Auf alle, die wir verfehlt haben, D. J.», sagte Jim und goß die Flüssigkeit runter.

«Das schmeckt 'nem Kerl, was?»

«In dieser Jahreszeit ist es die beste Medizin für alle Wehwehs.»

«Wie ist es mit noch einem, Jungens?»

«Na klar, D. J.»

«Runter damit, Jungens.»

«Auf nächstes Jahr.»

Jim begann sich fabelhaft zu fühlen. Er liebte den Geschmack und das Gefühl von Whiskey. Er war froh, wieder zurück zu sein, in seinem Laden, seinem bequemen Bett und bei seinem warmen Essen. Er trank noch einen. Die Männer fühlten sich ausgelassen und übermütig, als sie zum Abendessen hineingingen, aber sie benahmen sich sehr manierlich. Liz saß mit bei Tisch, nachdem sie das Essen hingestellt hatte, und aß mit der Familie. Das Essen war gut. Die Männer aßen mit Andacht. Nach dem Abendessen gingen sie wieder ins Vorderzimmer, und Liz räumte mit Mrs. Smith zusammen ab. Dann ging Mrs. Smith hinauf, und ziemlich bald darauf kam Smith heraus und ging auch hinauf. Jim und Charley waren noch im Vorderzimmer. Liz saß in der Küche neben dem Ofen und tat so, als ob sie ein Buch las, und dachte an Jim. Sie wollte noch nicht zu Bett gehen, weil sie wußte, daß Jim herauskommen würde, und sie wollte ihn sehen, wie er hinausging, so daß sie das Bild, wie er ausgesehen hatte, mit sich hinauf ins Bett nehmen konnte.

Sie dachte intensiv an ihn, und dann kam Jim heraus. Seine Augen glänzten, und sein Haar war ein bißchen verstrubbelt. Liz blickte in ihr Buch. Jim ging hinüber hinter ihren Stuhl und stand da, und sie konnte seinen Atem spüren, und dann umschlang er sie mit beiden Armen. Ihre Brüste fühlten sich prall und fest an, und die

Brustwarzen standen aufrecht unter seinen Händen. Liz bekam einen furchtbaren Schreck; niemand hatte sie je angefaßt, aber sie dachte: Endlich kommt er zu mir. Er ist wirklich gekommen.

Sie hielt sich steif, weil sie solche Angst hatte, und wußte nicht, was sie sonst tun sollte, und dann preßte Jim sie fest gegen den Stuhl und küßte sie. Es war solch ein scharfes, wehes, schmerzendes Gefühl, daß sie dachte, sie könne es nicht ertragen. Sie fühlte Jim direkt durch die Stuhllehne hindurch, und sie konnte es kaum ertragen, und dann schnappte etwas in ihr, und das Gefühl war wärmer und linder. Jim hielt sie fest gegen den Stuhl gepreßt, und jetzt wollte sie es, und Jim flüsterte: «Komm spazieren.»

Liz nahm ihren Mantel vom Haken an der Küchenwand, und sie gingen zur Tür hinaus. Jim hatte den Arm um sie, und alle paar Schritte blieben sie stehen und preßten sich gegeneinander, und Jim küßte sie. Es war kein Mond, und sie gingen knöcheltief auf dem sandigen Weg zwischen den Bäumen hinunter zum Anlegeplatz und Speicher in der Bucht. Das Wasser klatschte gegen die Holzstapel, und die Landspitze war dunkel jenseits der Bucht. Es war kalt, aber Liz war heiß am ganzen Körper, weil sie mit Jim war. Sie setzten sich in den Schutz des Speichers, und Jim zog Liz dicht an sich. Sie hatte Angst. Eine von Jims Händen schlüpfte in ihr Kleid und streichelte über ihre Brust, und die andere Hand war in ihrem Schoß. Sie bekam einen großen Schreck und wußte nicht, was er weiter tun würde, aber sie kuschelte sich eng an ihn. Dann war die Hand, die sich in ihrem Schoß so groß angefühlt hatte, mit einemmal weg und auf ihrem Bein und fing an, sich hinaufzubewegen.

«Nicht, Jim», sagte Liz. Jim ließ seine Hand weiter hinaufgleiten.

«Du darfst nicht, Jim. Du darfst nicht.» Weder Jim noch Jims große Hand nahmen Notiz von ihr.

Die Planken waren hart. Jim hatte ihr Kleid hochgezogen und versuchte, etwas mit ihr zu tun. Sie hatte Angst, aber sie wollte es. Sie mußte es geschehen lassen, aber sie hatte Angst davor.

«Du darfst es nicht tun, Jim. Du darfst nicht.»

«Ich muß. Ich will. Du weißt, daß wir müssen.»

«Nein, wir müssen nicht, Jim. Wir müssen nicht. Ach, es ist nicht recht. Oh, es ist so groß und tut so weh. Du darfst nicht, o Jim, oh.»

Die Fichtenplanken des Anlegeplatzes waren hart, splitterig und kalt, und Jim lag schwer auf ihr, und er hatte ihr weh getan. Liz schubste ihn; sie lag so unbequem und verkrampft da. Jim schlief. Er wollte sich nicht rühren. Sie arbeitete sich unter ihm hervor und setzte sich auf und zog ihren Rock und ihren Mantel zurecht und versuchte ihr Haar in Ordnung zu bringen. Jim schlief und hatte den Mund ein wenig geöffnet. Liz neigte sich hinüber und küßte ihn auf die Backe. Er schlief immer noch. Sie hob seinen Kopf ein wenig und schüttelte ihn. Er drehte den Kopf zur Seite und schluckte. Liz begann zu weinen. Sie ging hinüber bis ans Ende des Anlegeplatzes und sah ins Wasser hinab. Von der Bucht stieg Nebel auf. Ihr war kalt und unglücklich zumute, und alles war weg. Sie ging zurück zu der Stelle, wo Jim lag, und schüttelte ihn noch einmal, um sich zu vergewissern. Sie weinte.

«Jim», sagte sie. «Jim. Bitte, Jim.»

Jim rührte sich und kringelte sich noch ein wenig fester

zusammen. Liz zog ihren Mantel aus und beugte sich hinab und deckte ihn damit zu. Sie steckte ihn sorgfältig und ordentlich um ihn herum fest. Dann ging sie quer über den Anlegeplatz und den steilen, sandigen Weg hinan, um zu Bett zu gehen. Ein kalter Nebel kam von der Bucht her durch die Wälder herauf.

Auf dem Quai in Smyrna

Das Seltsame war, sagte er, wie sie jede Nacht um Mitternacht schrien. Ich weiß nicht, warum sie gerade um *die* Zeit schrien. Wir waren im Hafen, und sie waren alle auf der Mole, und um Mitternacht begannen sie zu schreien. Wir pflegten die Scheinwerfer auf sie zu richten, damit sie Ruhe gaben. Das funktionierte auch immer. Wir strichen zwei- oder dreimal mit dem Scheinwerferlicht über sie hinweg, und sie hörten auf. Einmal war ich der rangälteste Offizier auf der Mole, und ein türkischer Offizier kam in einer furchtbaren Wut zu mir, weil einer unserer Matrosen außergewöhnlich frech gegen ihn gewesen sei. Ich sagte ihm, daß der Kerl an Bord geschickt und äußerst streng bestraft werden würde. Ich bat ihn, mir ihn zu zeigen. Und er zeigte auf einen Kanonier, einen besonders harmlosen Jungen. Sagte, er hätte ihn entsetzlich und wiederholt beleidigt; er sprach mit mir durch einen Dolmetscher. Ich konnte mir nicht vorstellen, daß der Kanonier genügend Türkisch konnte, um ihn zu beleidigen. Ich rief ihn heran und sagte: «Nur falls Sie mit irgendwelchen türkischen Offizieren gesprochen haben sollten.»

«Ich habe mit keinem gesprochen, Sir.»

«Davon bin ich überzeugt», sagte ich. «Aber Sie gehen am besten an Bord und kommen für den Rest des Tages nicht wieder an Land.»

Dann sagte ich dem Türken, daß der Mann an Bord geschickt würde und man sehr streng mit ihm verfahren werde. Oh, äußerst scharf. Er war glücklich darüber. Wir waren die besten Freunde.

Das Schlimmste, sagte er, waren die Frauen mit toten Babies. Man konnte die Frauen nicht dazu bringen, ihre toten Babies herzugeben. Sie würden Babies bei sich haben, die sechs Tage lang tot waren. Würden sie nicht hergeben. Nichts, was man in der Sache tun konnte. Mußte sie ihnen schließlich wegnehmen. Dann gab es da eine alte Dame, einen ganz außergewöhnlichen Fall. Ich erzählte einem Arzt davon, und er sagte, das wäre gelogen. Wir mußten die Mole von ihnen säubern, mußten die Toten wegschaffen, und diese alte Frau lag auf einer Art von Bahre. Sie sagten: «Wollen Sie bitte mal einen Blick auf sie werfen?» Also warf ich einen Blick auf sie, und gerade da starb sie und wurde völlig steif. Ihre Beine krümmten sich zusammen, und sie krümmte sich von der Taille aufwärts zusammen und wurde völlig starr. Genauso, als ob sie schon eine Nacht lang tot gewesen wäre. Sie war ganz tot und völlig starr. Ich erzählte einem Mediziner davon, und er sagte mir, das sei unmöglich.

Sie waren alle da draußen auf der Mole, und es war gar nicht wie ein Erdbeben oder etwas Derartiges, weil sie von den Türken nichts wußten. Sie wußten niemals, was der olle Türke vorhatte. Erinnern Sie sich, als man uns den Befehl gab, nicht anzulegen, um noch mehr zu evakuieren? Mir schwante etwas, als wir an jenem Morgen einliefen. Er hatte eine Unzahl Batterien und hätte uns glatt in die Luft sprengen können. Wir hatten vor, einzulaufen, dicht an der Mole entlang zu steuern, sämtliche Anker zu werfen und dann das türkische Viertel der Stadt zu bombardieren. Sie hätten uns in die Luft gesprengt, aber wir würden die

Stadt einfach zum Teufel gesprengt haben. Sie feuerten nur ein paar Blindgänger auf uns, als wir herankamen. Kemal kam herunter und gab dem türkischen Kommandeur den Laufpaß. Wegen Überschreiten seiner Autorität oder so was Ähnlichem. Es war ihm ein bißchen zu Kopf gestiegen. Es wäre ein höllischer Schlamassel geworden.

Sie erinnern sich an den Hafen. Eine Menge hübscher Dinge schwammen darin herum. Das war das einzige Mal in meinem Leben, daß es so weit mit mir kam, daß ich von Dingen träumte. Die Frauen, die Babies bekamen, gingen einem nicht so sehr an die Nieren wie die mit den toten Babies. Sie bekamen sie ganz normal. Erstaunlich, wie wenige von ihnen starben. Man deckte sie mit irgend etwas zu – sollten sie damit fertig werden. Sie suchten sich immer den dunkelsten Platz im Laderaum aus, um sie zu bekommen. Keine nahm sich irgend etwas zu Herzen, sobald sie nur von der Mole herunter war.

Auch die Griechen waren reizende Kerle. Als sie evakuiert wurden, hatten sie noch alle ihre Lasttiere, die sie nicht mitnehmen konnten, und so brachen sie ihnen einfach die Vorderbeine und schubsten sie in das flache Wasser. All die Maultiere da, mit gebrochenen Vorderbeinen ins flache Wasser hineingestoßen. Das Ganze war hübsch. Auf mein Wort, richtig hübsch.

Inhalt

«Die Hauptstadt der Welt» («The Capital of the World»)
erschien zuerst unter dem Titel «The Horns of the Bull»

Ernest Hemingway

Ernest Hemingway, 1899 in Oak Park, Illinois, geboren, setzte sich früh in den Kopf, Journalist und Schriftsteller zu werden. Als Korrespondent für den «Toronto Star» arbeitete er in Paris, wurde des «verdammten Zeitungszeugs» überdrüssig und begann, Kurzgeschichten zu schreiben. 1929 erschien «In einem andern Land» und wurde ein durchschlagender Erfolg. Hemingway reiste durch Spanien, unternahm Jagdexpeditionen nach Afrika, wurde Kriegsberichterstatter im Spanischen Bürgerkrieg. 1954 erhielt er den Nobelpreis für Literatur. Sein selbstgeschaffener Mythos vom «Papa», seine Krankheiten und Depressionen machten ihn schließlich unfähig zu schreiben. Am 2. Juli 1961 nahm er sich das Leben.

Eine Auswahl aller lieferbaren Titel:

Gesammelte Werke *10 Bände in einer Kassette*
(rororo 31012)

Der Abend vor der Schlacht
Stories aus dem Spanischen Bürgerkrieg
(rororo 15173)

Der alte Mann und das Meer
(rororo 10328)

Fiesta *Roman*
(rororo 10005)

Der Garten Eden *Roman*
(rororo 12801)

Tod am Nachmittag
(rororo 10920)

rororo Literatur

Die grünen Hügel Afrikas
(rororo 10647)

In einem andern Land *Roman*
(rororo 10216)

Reportagen 1920 – 1924
(rororo 12700)

Sämtliche Gedichte
Amerikanisch / Deutsch
(rororo 12306)

Der Sieger geht leer aus
14 Stories
(rororo 10280)

Schnee auf dem Kilimandscharo
6 stories
(rororo 10413)

Die Stories
Deutsch von Annemarie Horschitz-Horst
500 Seiten. Gebunden

Ein Gesamtverzeichnis aller lieferbaren Titel von **Ernest Hemingway** finden Sie in der *Rowohlt Revue*. Vierteljährlich neu. Kostenlos in Ihrer Buchhandlung.
Rowohlt im Internet:
www.rowohlt.de

3236/4